iHuman
新民说

成为更好的人

深情史

刘丽朵 著

广西师范大学出版社
·桂林·

SHENQING SHI

图书在版编目（CIP）数据

深情史 / 刘丽朵著. —桂林：广西师范大学出版社，2017.9
ISBN 978-7-5495-9976-9

Ⅰ. ①深… Ⅱ. ①刘… Ⅲ. ①故事－作品集－中国－当代 Ⅳ. ①I247.81

中国版本图书馆 CIP 数据核字（2017）第 172937 号

出　　版：广西师范大学出版社
　　　　　广西桂林市中华路 22 号　邮政编码：541001
网　　址：http://www.bbtpress.com
出版人：张艺兵
发　　行：广西师范大学出版社
　　　　　电话：（0773）2802178
印　　刷：广西昭泰子隆彩印有限责任公司
　　　　　南宁市友爱南路 39 号　邮政编码：530000
开　　本：880 mm × 1 240 mm　1/32
印　　张：7.875　　　　字数：130 千字
版　　次：2017 年 9 月第 1 版　2017 年 9 月第 1 次
定　　价：39.00 元

如发现印装质量问题，影响阅读，请与印刷厂联系调换。

目 录

001 永远的韩冯
004 宇的沦落
007 看不见你
010 卖马
013 入长安
016 寻梅
019 翔风的歌
022 吃醋
025 岭南情事
028 少年游
037 瑶瑟怨
044 饼师
048 海棠千树
051 盛大的出走

054	满路香
057	背琴的人
060	如梦
064	西池
073	背灯
083	衡阳花
093	同州歌女
096	你为什么不爱我？
099	玫瑰玫瑰我爱你
102	懒堂的少女
105	风波
108	心愿
112	风流局
115	龙女

118	错配
121	船上的日子
124	比翼鸟
127	火炉店
133	千娇与腊梅
145	水南寨
151	鸳鸯楼
154	报恩寺
157	浪子燕青
160	穷不怕
163	西游补
166	君如天上月
169	问花楼
172	色戒

175	江上卢生
178	蓝桥
181	画中
184	阿嬬
187	蒋老
190	头七
193	飞来石
196	河神的妻子
199	袅烟
202	卷蕉心
205	喜相逢
208	青天白日
215	横滨野史
218	觅风流

221	质夫与迟生
224	误良缘
227	丽琳小姐
230	囚 鸟
233	郭太太怨东风
236	美人经
239	后 记

永远的韩冯

有一个故事在一切故事发生之前就已经发生了。后来的人们都听说过他们的故事。他们因相爱而死,死是唯一的办法,死也让他们得到了永生。

他们就是因为康王的欲望而枉死的韩冯夫妇。

妻子被康王夺走之后,韩冯是惊惶不知所措的。他的妻子是他熟悉的,她天真纯净的笑容,雍容朴素的仪态,都让她周围的世界蒙上可爱的色彩。年轻的韩冯一切听从妻子的安排,她让他做什么,他就乖乖地去做,她有一种令人不由自主地听从的魔力。

在妻子被康王夺走之前,韩冯一直是个心思非常简单的男子。现在他不知道该怎么办了,他想要听听她的打算,却见不到她的面。

等待了很久之后,他接到了妻子的信,信中说:"其雨淫淫，河大水深，日出当心。"他知道她不能在信中畅所欲言，这几句话中一定隐藏了很深的意思。他看到"其雨淫淫"，便想到了他自己的眼泪流个不停，那么妻子也应和他同样；他看到"河大水深"，知道他俩不能见面，就像被黄河阻隔；他看到"日出当心"，懂得了他的心和她的心，都是明明白白绝不会变的。

韩冯走到正午的日头下面，抬起头来看天上悬挂着的他和她的心，他睁不开眼睛，只看到眼前一片明亮的白光。他走到屋里，眼前仍然有一片红雾，那是太阳的影子。

第三天，他突然醒悟到一件事。他突然领悟到那封信不是随便写写的。那封信写给他时，她已经下定了决心。他微笑起来，因为他终于等到了，她告诉了他该怎么做。

韩冯安安静静地吊死在家门内的事情，立刻就被康王知道了。康王的谋士已经把信破译给他听。他安排所有的人看好这位新夫人。这是一件很小的事，因为新夫人是他几十位夫人中的一个，韩冯也只是他治下几万臣民当中的一个。然而康王还是觉得哪里不对劲。他的心都痛了，新夫人从不对他说话，心里想着别人，康王体会到所谓嫉妒的滋味。

一直过了很久，新夫人在她周围找不到一条绳子，也找不到半刻无人监视的时间。死，是很不容易的。康王斜眼看着新夫人。她不仅美,而且有镇静从容的态度,她只是极少说话,从来不哭不闹。康王和她走上了眺望风景的高台。新夫人向前纵身一跃的时候,康王已经预料到了,他伸出手去,想抓住她的衣服。

她穿的是什么衣服呢?她的衣服是抓不住的,留在康王手里的只是一把破碎的布料。

下定死的决心之后,新夫人准备了这样一件衣服,事先在一种腐汁中浸过了。康王走到高台的边缘,看着下面已经同他阴阳两隔的新夫人。他们终究是不受他控制的,他想。他们对不起他,他们宁可去死。她不爱他。她终于不受他控制了。

王利其生,不利其死。愿以尸骸,赐冯合葬。

(事出干宝《搜神记》)

宇的沦落

蜀国的人都觉得,他们的国君杜宇和他的妻子利之间的爱情,是绝不会变的,蜀国人信仰这个,这简直成了他们通国的信仰。

你想啊,杜宇是一个从天而降的人,谁也不知道他在天上是怎么活的。人们只看见一个穿红衣服的汉子咕咕噜噜掉到朱提山上,打了几个滚儿,茫然地站起来,蜀国人就都跪在他面前,称他为天神,请他做这一国的国君。而就在同时,从很深的井里冒出来一个女子,她就是利,她肯定是上天为杜宇配好的,蜀国人赶紧把这女子献给他。他们在一起生活了一百年。蜀国人从来没有看见过他们吵架。宇始终慷慨、勇敢,爱着他的国民,而利也是很好的后。一百年这样过去,后面的一百年也应该如此。

玉山发了洪水,荆人鳖灵对宇说,这水,唯有他能令它平息下来，他委托宇照顾他年轻的妻室，就去治水了。宇每天挂念着洪水，挂念鳖灵，挂念他的国民，渐渐地瘦了。那来自荆楚的女子，鳖灵的妻子，像幽灵一样，出现在夜半的深宫中，听到了宇的长吁短叹。鳖灵的妻子用白玉的玉粉擦在身体上，通体透出莹莹的白。她把玛瑙的花冠戴在头上，把大粒的宝石和钻石戴在手上。在夜里，鳖灵的妻子就像一位发光的天神。

宇潜入了鳖灵的幽室，闻到了从未闻过的香气。鳖灵妻子让他忘记了洪水。

宇在鳖灵的妻子那里停留了四十九天。宇听见了来自天上的声音。在夜里，在话语缠绵的深夜，他听到她的声音仿佛隔着幽州。他听到她说"你毁了我"，他听到一个孩子不知道在什么地方哭。他听到天起了凉风，雨敲打什么都是一种怨尤的节奏。雨越填充，世界就越空，他谛听着那些被侵袭的滴水。先是一种鸟儿叫停了雨，蝉声继之而起，他听到一树的长恨歌，又听到麻雀开到第七次会议。她的声音终于又袅袅回来了。一场春梦之后，她的声音充满甜蜜和倦怠，像让夜晚销声匿迹的朝霞声。

鳖灵站在很高的山上，集合了蜀国的国民，他们在那里等了四十九天，洪水终于退却了。鳖灵跪在宇的面前，说：

"洪水已经退却了。"宇却变了颜色。宇说:"你为蜀国建立了功勋,而我是个德薄的人。"他仿佛从梦中醒来,跌跌撞撞走入内宫,去寻找很久没有看到过的利。人们都告诉他,利的脸在四十九天之内,从青春洋溢的少妇的脸,变成了一百岁的老妇的脸。几天之前,利回到她所从来的那个井中,跳了下去,从此没有看见她浮上来。宇跑去寻找那个夜里发光的女人。他冲进了鳖灵的内室,那鳖灵的女人露出莫测的微笑,对他说:"我的丈夫回来了,而你已经毁了我。"

"我德薄,蜀国是你的。"宇对鳖灵说,他流下了眼泪,眼睛向天空看去。人们猜他要回到天上去了。人们看到他渐渐变小了。他生出了羽毛。杜宇变成了一只鸟。这只鸟每天盘点一夜收集的声音,黎明时再把诗人的歌唱哀哀地传送出去——

沧海月明珠有泪,蓝田日暖玉生烟。

(事出扬雄《蜀王本纪》)

看不见你

谈生虽然已经四十岁了,但人人说他是个天真的人。他读书时离书很近,因为早已患了近视。祖上留下的恒产因为这几年收成不景气损耗了不少,谈生落到了卖田疗饥的地步,可是也没什么办法好想,只好读书避愁。

谈生夜里读书,常常读到天明。夜是很长的,而且很冷,只有他一个人,有的时候他会把视线从书本上移开,想到他自己的孤独。他没有兄弟姐妹,父母早已去世了,他和邻居来往很少,童仆早已四散,只剩下一个老妈子给他炊饭。谈生又把视线挪回到书本,人生短暂,经义永存,这些先贤圣哲,当他们活着的时候也未免是孤独的吧。这时候灯突然灭了,有人进到他的房间里。

昏黑中,谈生触到了长发、腻肌、纤腰,她的身量细瘦,有孩子般的身体。她像猫儿一样蜷在谈生的腿上,抱住他的脖颈,热烈地吻他。谈生简直被弄糊涂了,疑心自己身在梦中。她卸下簪环放在桌上,那些珠宝在黑夜中依然发着光。她一件一件解开罗衣,搭在床边。她按住了谈生要去点灯的手。"不要用灯照我,"她说,"我和别人是不一样的,你不可以看见我的样子。"

谈生疑心她是私奔的婢妾,害怕被人知晓身份,不过她的举止谈吐,宛然有大家之致,不像淫奔之流。他甚至疑心她也许是他认识的人。他把自己平生见过的女子细想一遍,觉得她不可能是其中任何一个。她每夜都来,让他那间低矮的书房不再满盛孤独,在欢乐和战栗中度过每一个良宵。她总是在他醒来、纱窗透满阳光前就不见踪影。她有了身孕,他的手在她腹部摸到了令人心颤的胎动。她把新生的婴儿放在他旁边。这让他确认她是他命中注定的妻子,而他甚至没看清过她的容貌。

"从我们相识的第一天起,整整三年之后,你才可以在白天见到我。在此之前,不可以拿灯照我。"她对他说过多遍。

可是他太想看她了。她在他枕畔睡得很甜,散发着乳香,他轻轻地起身,点起了灯,端了过来。他看到他吻过许多次的眉心,稍微有些蹙着;他看到她的眼,睫毛覆着。他看到她如此美丽,后悔没有早点看到她,他有多爱她!他想看她的身体,奉献给他并为他养育婴儿的身体——他看到她的腿是惨白的骨。

"啊!"她醒了,哭了起来,"你为什么不再忍耐一年呢?"

她系上裙子,掩住枯骨,拉起他的手,不再介意他手里举着灯。她让他跟着走了出来,一直向西走去。他终于来到了她的家里,这里宫室华丽,到处陈设着他不曾见过的东西。她拿出一件珠袍给他,让他好好地养育孩子。他突然如梦初醒:"我们以后不会再见面了吗?"她以无数的热泪回答了他。几年以后他才知道,她是睢阳王已经故去的女儿,本来能够在他怀中得到重生的。有些性命攸关的爱情,越是恐惧失去,越是要永生睽离——

莫道无归处,点点香魂清梦里。做杀多情留不得,飞去。愿他少识相思路。

(事出干宝《搜神记》)

卖　马

秦琼的马，是在济南城西买来的一匹黄骠，陪他解差到潞州去。逢刺史到并州太原公出，只好在王小二店中住下，一连十几日，囊橐已尽。又因冲撞了轿子，被当街打了十板。终于投了文，仅领回盘费三两。没奈何，只好卖马。

马不肯出门，把两条前腿蹬定门槛，后腿倒坐了下去。此时才交五鼓，这马晓得，倘若回家，必然已备鞍辔，捎行李；空身出门，就是要卖它了。秦叔宝蹲在地上，轻声地唤它起来，用手抚摸它的鬃毛。马是特别尪瘦了，连着多少天，饿得在槽头嘶喊。店小二一根门闩打下去，马痛得猛跳出去。

"列位让开些，穷汉子牵了一匹病马来了，不要挨倒了他。"在潞州的马市上，这人这马，都是没人待见的。所幸遇见一位卖柴的老庄家，带他来到二贤庄，要把马卖给单雄信。"我也看不上，教他人怎么肯买！"秦叔宝将左手衣袖卷起,按着马鞍,右手五指,将马领鬃往下分理,那马眼中滚下泪来,四蹄踢跳,嘶喊了几声。

单雄信把衣袖撩起,用左手在马腰中一按,那马筋骨崚嶒,分毫不动。托一托,头至尾,准长一丈;蹄至鬃,准高八尺;遍体黄毛,如金丝细卷,没有半点杂色。

秦琼卖了马,心中恼闷,急急赶回济州去,迷了路头,又穷出一场病来,在东岳庙住了多时。在皂角林被错认成响马,被捕盗打伤四肢,解往幽州充军。镇守幽州的罗公传他进去问事。"当年事北齐主尽忠的武卫将军秦彝,他家属流落山东,你可晓得么?"

"武卫将军,就是秦琼的父亲。"

珠帘后传来哭声。原来这位流落幽州的失意大汉,就是罗公夫人秦氏的亲侄儿。罗公为扶持叔宝,大操三军。叔宝身高一丈,挥手取银锏,轮动起来,就是银龙护体,玉蟒缠腰,如一道月光罩住,连身子都看不到了。

秦叔宝携千金回济州看母亲,路上是要到潞州搬取行囊的。单雄信已经知道多时了,他特地办酒倚门等着。这一位秦叔宝,他慕名多年,不时渴想。卖马那次,他起初当他是关外贩马的汉子,后来听说他从济州来,特地多加了盘缠,烦他给叔宝寄一封信。谁想到对面而不识呢?单雄信一直等到月转东山,才听到林中马嘶,不禁喜得大喊:"是不是叔宝兄来了?"

他们觉得有千言万语要同对方讲,见了面,却一句也说不出。单雄信催他快回家见母亲,听说他的母亲病了。叔宝听到,泪如雨下,却又想起马已是骑坏了。单雄信便喊人把秦叔宝的黄骠马牵出来。

"昨日起,兄的良马似乎已经知道了故主要回来,一直在槽头嘶喊踢跳,就像有什么话要说一样。今日兄就来了。"

马见故主,一番揸尾翻胸,人马重逢的一幕,让看到的人都禁不住感动。秦叔宝把行李捎在马上,入席饮酒一番,牵马出庄。衣不解带,纵辔加鞭,那马四蹄发跑,耳内只闻风吼,逢州过县,一夜天明,走一千三百里路,已经到齐州了!正是:

竹批双耳峻,风入四蹄轻。所向无空阔,真堪托死生。

(事出袁于令《隋史遗文》)

入 长 安

杜子春荡尽了最后的家产,在长安城里闲逛。阳光逐渐地暗淡了。在这东市西门无名的里巷,黄昏真是好景致,适宜饿着肚子的人欣赏。他曾经骑名马,也曾踏名花,在极盛时养活的仆役如云,在绮罗阵里布下的恩情如雨。如今连身上的衣服都凋敝了,一盛一衰仿佛经历了一个小朝代,而他却依然很年轻。

从夕阳那边走来一位老人,一直走到他面前来,同他叙话。杜子春说,到今天算是明白金钱的含义了。老人笑曰,未见得。老人慷慨赠予他三百万钱,他激动间甚至忘记了打听老人的姓氏。然而一年后,这笔钱已经一文不剩。他又在长安街头碰见了老人,这次老人给了他一千万。一两年后再次一贫如洗,老人又给了他三千万。三次荡产之后,他算是真正勘破了钱关,穷也不甚悲,富也不甚喜。他用这笔钱布施众人，使老有所养，幼有所亲。老人说，你做得好。来岁中元，请你到老君双桧下找我。

在华山云台峰深处，彩云遥覆、惊鹤飞翔的一处场所，杜子春吃下了仙人赐予的白石，为他看守丹炉。他已经知道了即将面对的全是幻境，自己要做的唯有一念不起、不动不语而已。猛虎、毒龙、狻猊、狮子当前，他神色不动。电光、火轮、流电、吼雷霹雳而来，他端坐不顾。他的妻子被捆了来，在他面前遭受凌迟炮烙，号哭雨泪，咒骂呻吟，他默然处之。他自己被腰斩成两截，又投胎做了一个女人，慢慢长大。其间堕床、坠火、生病，终不失声，人人都道她是一个哑女。她被嫁给了进士卢珪，生了儿子。丈夫抱着儿子同她说话，她始终一言不出。这一天，她的丈夫突然发怒说，你这样成天不说话是鄙视我么？说着抓起儿子的两只小脚，往地上重重一摔，儿子的头颅触地，发出一声脆响，血浆迸出小红花。在那一瞬间，杜子春失声说："噫！"

他仍然端坐在云台峰的老地方，从开始炼丹到现在，只是过了几个更次。因为他的一声"噫"，炼丹炉燃起了大火，把屋宇都烧毁了。道士对他说，喜、怒、哀、惧、恶、欲已经被你忘了，只有爱还没有被彻底忘记。就是这残存的一点爱，毁掉了我的丹炉。

倘若七情可以被彻底忘记，那么最难忘记的是爱；而爱亦有深浅之别，最深者是母亲对于孩子的爱。在测试中，杜子春证明了：倘若有一日众生处在万劫不复的境地，天上流火，妖魔纵横，人性泯灭，万物归寂，母亲的爱将是人类记忆中仅存的最后一种感情。

道士遗憾地对他说，假如没有那一声"噫"，我的丹就成了，我们都做了上仙。杜子春惭愧谢过，希望再有一次弥补的机会，然而没有了。他几次入山，也找不到云台峰的那个地点。道士放弃了他，从此以后再也没有在他生命中出现过，升仙之路永远地向他关闭了。有这样一首偈子说得好：

生死长安道，邯郸正午炊。寻荷终得藕，池上白莲花。

（事出《太平广记》）

寻 梅

近来王济总能看到一个人的影子，灭灯之后，那人便出现在他房间的暗处。奇怪的是，他总觉得那是一个熟悉的身影。那人仿佛很久之前就在那里站着，静静地等着王济来问他一些什么。"大概是因为我年老昏聩了吧。"王济对自己说。他的确年纪大了，脑子也有些糊涂，高明之家，鬼瞰其室，或许这房子里本来就有很多不干净的东西，只是他现在衰弱到能看到它们的程度。

"老爷还记得小的么？"不知为什么，半梦半醒中，王济仿佛听见有人问了一句。他睁开眼，什么也看不见。

"老爷记得小的么？"那声音仿佛近了，就在他耳边。

王济猛地睁开眼睛，看到一个黑影躲闪了一下。"谁？你是谁？"王济失声大叫道。

"小的叫阮三。老爷不应当忘了吧，那年桃花树下，小的奉茶给您,您还关怀小的,问小的哪里人,彼此谈了一刻,您说让小的给二公子伴读呢。"

"噢。"王济真的有些记不清了。

"但是小的没能做成二公子的书童。紧接着,您让小的到您的内闱去,把您那件狐狸围领的大氅拿来。"

王济浑身一震。那之后发生的事情,他怎能忘却呢?他听到了女人的尖叫,接着寻梅跑来,跪在地上,哆哆嗦嗦,说哪里来的小厮要强奸她。王济是真的震怒了。不仅因为寻梅是太太得力的助手,更隐秘的原因,是他自己在寻梅那里得到的那些不为人知的欢乐。就在隔壁,就在太太房间隔壁的数个衣箱上,他们有过多少短暂而销魂的云雨之会。虽然他自己有着数房姬妾,宅中四处布满宽大的锦榻,却全都抵不上那衣箱上、太太耳目边的春风一度。"妻不如妾,妾不如偷",自古以来,诚有此理。

王济立刻下令把那小厮宰了。他的脸上阴云密布,透着凛凛寒气,他说:"大胆的小厮,竟然无礼至此,如此帷薄不修,相府尊严何在?"

"老爷,小的是冤枉的。"阮三的阴魂靠近了一点,"是那个丫头,那个叫寻梅的丫头,趁小的去衣箱拿衣服之机,抓住小的的手,靠近她肚兜里头的那些部位。小的面红耳赤,求她松开,她却索性把肚兜解了,双手搂住小的脖颈,同她一起栽倒在那衣箱中。小的腰带都被她扯断了。小的在家,娘曾经告诉过小的,在相府要小心做事,拿钱回来养活她。小的怎敢无礼?小的死死不从,没料到反坐成强奸,命丧黄泉。"

王济猛地坐起来,喊人把灯点上,他的脖子上渗出滴滴冷汗。是的,后来寻梅表现十分古怪,阮三死后不久,她便请求出去照顾自己年幼的弟弟。他自己留了她几次,她都哭着说要走,最后只好听任太太放她出去了。想到这些,他突然觉得心脏绞痛得快要昏死过去,他以为寻欢作乐是男人的事,却没想到地位如此卑贱的一个婢女也有着同样的要求。寻梅,寻梅,这年轻、性感的丫头,不知她现在何处逍遥,又在同谁共醉春光呢?

(事出颜之推《冤魂志》)

翔风的歌

  她们在传绿珠的事。她们说是老爷的一句话让绿珠从楼上坠下去的——老爷说:"我是为你获罪的。"她们当中有的人在哭,有的不哭。楹前的"恒舞",多少年没有停止过一天,十个人轮流在那里跳,今日却不见有人。她们在说老爷的事。她们说老爷已经死了,说他是为绿珠的事被孙秀害死的。

  老爷已经死了吗?翔风的背上一阵阵发凉,总觉得那不是真的。她离开那群乱作一团的女人,徘徊在庭院中,如掉入一场梦中。听说绿珠是为了他的那句话,从楼上跳下去的。绿珠说:"愿效死于君前。"老爷是拉了绿珠的袖子的,然而没有拉住,绿珠跳下去的决心是很强烈的。老爷接着哭了起来。她们传颂着这段细节,传颂着绿珠的决绝、绿珠的深情。他俩终于双双死了。翔风完全知道,早在一切太平时,老爷一定曾多次问过绿珠那个问题。

"我已经老了,你却那么年轻,我会死在你前面的。你那么美丽,一定会有别人娶你为妇。想到你和别人在一起,我真是难过。"老爷对她说,"我死的那天,要让你生殉,你肯不肯呢?"

翔风紧紧地抱住他:"生爱死离,不如不爱。能够跟随你到地下去多好啊,让死也不能把我跟你分开。"

言犹在耳。石崇的宫室中有数千名姬美人,才色歌艺,人才辈出。翔风迥出于众人的,第一是辨玉的本事。跟别的歌姬不同,她是在石崇身边长大的,是在一场战争中失去父母后被掠来的战利品,因为长得太美被送到石崇身边,当时只有十岁。从此她生活在绮罗堆里,触手所及无不是奇珍异宝,每一样她都说得出所得的地点、名色和价值。她最爱的是玉了,西方、北方的玉,声沉重而性温润,佩戴益人性灵;东方、南方的玉,声清洁而性清凉,佩戴利人精神。石崇的爱宝,是出了名的,而她是他身边最得力的鉴宝者,是他一手培植的。第二,她会说话。石崇爱听她说话,他们因为精神上多有交流,而令她异于那些以声色暂乱人耳目的姬人。

然而青春移走的脚步如此迅捷,当年"同死"的誓言又如此经不住时光的改变。她的心如旧,他却转移了。她三十岁了。现在她被称为"房老",她的一切才具还在,只是石崇对她看得厌了。过去她平视三千名姬,如今她仿佛听见石崇身边每一位年轻美丽的人儿都在对他说:"翔风已经老了。"她在忧惧中过了几年,他虽然失掉了往昔的热情,可仍然经常同她在一起。自从他用十斛明珠买了绿珠,又为绿珠建了金谷园,翔风就知道,对自己来说,一切美好的日子都结束了。他爱听绿珠说话,如当年爱听她说话。美人三千,他仍然只要爱一个。翔风想起当年要为他粉身碎骨的誓言,如今,他并不在乎她是否乐意为他死。他只是迷狂地用当年问她的那个问题去问绿珠:"你愿意殉死吗?"

她们听到翔风在唱歌:"坐见芳时歇,憔悴空自嗤。"

(事出王嘉《拾遗记》)

吃　醋

按理说她真的不该吃醋的,但看见他同别人在一起就是不舒服。

那个昨晚进幸的昭仪,叫什么小梅的,她打听过了,进宫三年了,年方二十,父兄有点来头,有太监在里头帮她。和皇帝一来二去,俱各有情,也不是一天两天了。趁她酒醉,成其好事。

杨太真呆坐在椅子上。二十岁,恐怕还是处子,宛转承欢,整整一夜。他们说些什么呢?皇帝虽然老了,可宝刀不老,又是会唱、会骑射、会诙谐,好几十年的风流天子,举世无双的好三郎,谁会不喜欢?

"朕真是宠得你过分了。"三郎笑着举一枚胡桃给她,"这算个什么事儿?她拿什么和你比?你是朕最疼的,其他不过是偶然碰上了,宠幸一下子。再说,按理说不该只疼你一个的，后宫三千，忍心让她们青春荒废吗？"

三郎又想起前事，笑道："说起来，朕年轻时候也甚荒唐，因为后宫繁众，难以取舍，便让她们掷骰子取乐，把朕当作她们赢了的彩头。那会儿的太监，都把那骰子叫'锉角媒人'呢！"

"别碰我。"杨太真板下了脸，"说得对，宫人多得是。你挨个儿去宠幸，把那媒人再用起来。只是我要回我家去，不在你这里。早就出了家当道士了，干什么把人家整了来，也不怕污了长生殿。"

"你这张嘴！"三郎笑道，"竟然还你啊我的喊起来了。快跪下，我才饶了你这犯上作乱的。"

三郎过来扳她的肩膀，却看见了她满脸是泪。"我是犯上作乱的，干什么离我这么近，不怕我犯上吗？你还过来？这三年了，你也该厌了，有点新鲜花样，我也说不着。只是干什么拦着我呢？"她一面哭，一面头也不回地朝外走。

三郎很不高兴，她是知道的。他常说自己待武惠妃几十年如一日直到她死，以证明自己是如何的专情，可是这能阻止她吃醋吗？他说绝不会把对她的专宠分惠给别人，可这能让她不吃醋吗？她气急了，真正是气急了。这天她闹得实在不是办法，三郎一迭声地喊，把她送回去，她那么想回家，那就送回杨铦家,别回来了!

她在家里插了门哭。一连好几拨人来:她的哥哥,她的姐姐,她的叔叔。他们都埋怨她吃醋,晓之以大义。他们责怪她任性,说的话与三郎一样。他们都说皇上对她情深似海,对她一家是恩重如山了,而她这样闹实在不是办法,从来没有一个妃子对皇帝吃这样的醋,现在她被撵了出来,再回去是不能了,变生不测,往后还不知道怎样呢。他们一家抱在一起哭,这可怎么好呢!

"不行,我就是宁可死了,也不能让三郎爱别人!"

高力士派来的小轿儿接她回去了。这不是三郎的主意,但是她听说了三郎饭也不吃,坐在那里发脾气。第二天一早,她突然地在他面前现身,三郎愣在那里,愁云顿扫。短短一天内,他俩看上去俱都清减了。唉!这才是她的三郎,他们怎能分开呢?证明了她短暂一生中爱情的存在的是:此后的许多年,直到她死,三郎再也没有碰过别的女人,他们中间再没有掺杂别人的气味,她的爱情暖如熏风——

金屋妆成娇侍夜,玉楼宴罢醉和春。

(事出郑处诲《明皇杂录》)

岭南情事

那一年，许浑到弘农公的南海幕府任职，走到襄州的时候，遇到了他的老朋友房千里。他们是布衣时候的朋友了，此时皆登了进士第，人也俱已鬓生二毛。多年思而未见，此时路遇，喜何如之！

几樽酒下肚，房千里对他说了一桩隐事。他说自己爱上一个女人，这人姓赵，才十九岁，是他游岭南时，进士韦滂介绍给他的。"风尘中的女子我不是没有见过，这个人可谓难得。不错，我爱她年轻美丽的容颜，但最让我心动的，是她的才华与深情。你知道我这次回长安是不能带着她上路的，有许多正经事要做。她却写了一首诗赠给我，我念其中的两句给你听：'只应霜月明君意，缓抚瑶琴送我愁。'"这一夜饮酒说笑，五更天二人才在旅社的客榻上抵足而眠，正是所谓"醉眠秋共被"了。第二日洒泪而别，听说许浑的目的地是番禺，房千里托他照看自己留在当地的爱妾赵氏。

对这项任务，许浑蛮有兴趣完成。刚到府邸，他就托人打听赵氏的消息，他想到，房千里已离开好几个月，没有本夫可依傍，妇人大概是无以为活的。他特地预备了一些钱，打算给赵氏送去。没料到事情跟他想象的完全不同，来人报信说："赵氏已经嫁给韦秀才了。"她再嫁的这人许浑是认识的，在知道赵氏这件事之前，他曾认为自己在番禺唯一的故人便是这位韦秀才。怀着不解和一些复杂的情绪，他来到韦府，投进了名刺。

"兄刚到番禺，恐怕还没有听说，我最近得了位妙人儿。"落座顷刻，寒暄甫毕，韦秀才便眉飞色舞地谈起他最新的恋爱，"此人与众不同，可谓才色兼备。我初见她时，恰携了一部《杜工部诗》，是新抄的，坊间的抄手未必认真，颇讹了一些字，此人把书要过去，一边看，一边随手改正。"

"如此良人不仅在岭南难得，在京师也是少有的。"许浑免不得随着他夸赞两句，但也不忘旁敲侧击，"只是，所谓天生丽质难自弃，她既然误陷风尘，岭南文士怕不趋之若鹜！"

韦秀才笑着对他摆手。"她的往事，我也曾风闻一二。她曾跟韦滂为风尘知己，韦滂那个人你是知道的，虽然才气纵横,其实是个痴子,四海为家,萍踪无迹。哪里像我,将来恐怕会老死于此地。昨日爱妾还同我唱起'日日与君好'的谣曲呢!"

许浑知道无可再说,只好告辞。出门之前,他瞥了一眼赵氏的模样,她站在庭隅的苹婆树下,手扶花枝远远地看着他,目如秋水,令人一见心醉。许浑想起房千里一往情深的样子,倘若把这消息告诉他,不知道他是否能受得了这个打击呢?无论如何,他也许必须把事情说明白。

这封信他提笔想了很久,终于写不出,只好写了几句诗寄给他:

重寻绣带朱藤合,却认罗裙碧草长。为报西游减离恨,阮郎才去嫁刘郎。

(事出范摅《云溪友议》)

少 年 游

像牟颖这样的少年，原是没什么朋友的。管教较严的家庭，都让子弟莫要同他在一起。他在学堂的那几年，曾经把一位公子同学打伤。那公子有几个书童伴读，牟颖却只有一个老苍头送饭，饶是这样，他还是占了上风。他长得高大清瘦，性情孤僻，平日里喜欢裹了干粮，荒村野地里一个人乱走，邻里常常十天半月见不到他在家。他们说那都是他父母早逝，令他失于管教之过。

牟颖喜爱舞剑，也爱用弹弓射鸟，虽然没有教师教他，可他平日里以此为乐。他已经二十几岁了，家里的祖业不过是几亩薄田，吃喝有时候都成问题。牟颖意识到自己有必要寻一份生计，然而他左顾右盼，觉得天下没有什么他感兴趣的事情可以做。乡间的生活寂寞又漫长，日子一天天过去，牟颖仍旧是时常到处闲走，一副不事生产、贫穷邋遢的形象。

这一天，牟颖在一处几乎不会有其他人经过的荒野中迷了路。他在村酒店里喝多了几杯，醉得头晕。他随意躺下来，在荒地里睡了过去。等他醒来，已经是红日西坠的时分了。他感到自己不是一个人，似乎有另一个人也躺在不远的地方。

"怎么，是你吗？"牟颖走到那衣角飘飘的所在，看清地上躺着的人，不禁又骇又苦。"除我之外，难道世界上还有一个你吗？你比我更早地睡在这里？"

那地上的是一具半掩在土里的尸骸，露出来的是半朽的头骨，两只眼眶又空又大，许多蚂蚁正忙着出出进进。牟颖又走近了一些。

"看你这副尊容，让我觉得是我自己睡在了这里一样。"

牟颖对着那尸骸大哭了一场。那是一具少年的尸骸，未朽的部分还显露出他的英俊。牟颖对着尸骸喃喃自语：

"我说，兄弟，你为什么死了？你死了，连尸骨都没有人收，连一具棺材都没有，死得这么寒酸。你这么又高又壮的，又在盛年，为什么就死在这里？你是一个孤单的人，你要是不死，说不定可以做我的兄弟。"

那萦绕他的身世之恸此刻化为辛酸，他哭了好久才住。费了很大的功夫，用身边携带的长剑，他在地上掘了一个又深又大的坑。等他掘完，月亮已经升高了，明晃晃地照着。

牟颖把那又臭又朽的残尸挪到他新挖的坑里。

"兄弟,你就先住到这儿吧!我没有钱,连一口棺木也给你买不起。不过,等我不想活了,我可以到这里来陪你。"

牟颖埋好这位无名的兄弟,做了一个小小的坟包,在上面做了一些标记。他回到家时已经是深夜。老苍头倚着门等他。看到他那副疲惫不堪又浑身恶臭的样子,老苍头叹息着摇头,再三说泉下的主人如果有知,知道自己生出的是这样的儿子,该有多么难过。

牟颖曾经喊市上最好的匠人为自己纹了满腿的花绣,几条青龙盘踞在他腿上,有时也为着这个原因,好人家的孩子都会远远地躲避着他。这天夜里,他梦到了一个身上有同样花绣的少年。牟颖觉得他长得好生面熟。

"谢谢你啊!"那少年对他叉手,手中提着一把剑。他穿着白练衣,衣袂在风中飘举,牟颖一下子想起来他是那位自己为其埋骨的少年。

"不必客气。"牟颖说,在那少年的丰神面前,他突然觉得有些局促。

"你问我为什么会死在那里,"少年不以为然地一笑,

"其实说来也平常。兄弟平生，喜欢打家劫舍。兄弟是这里有名的强寇，叫作赤丁子，每日里不是杀人，就是放火，任什么深宅大院，都踏之如平地。钱财，是不愁的，取之不绝，过得舒心顺意。最后，和游侠儿打了一场，我刺了他三下，他刺了我一下子，正中要害，我就死了。"

牟颖脸上红了起来，他想到自己其实一无所长，虽然喜欢剑术，但其实没什么武艺。他想到曾被他同情着的这少年，其实过了他想要过的一生。"噢。"百感交集，他只好简短地说。

"你同我唠叨了半天，说自己不想活了，都是活得不痛快，所以想要死去。不如像我这样，痛快地活，痛快地死。"

牟颖心里爱极了这个少年，他此刻也正说中了他的心事。他一下子放下万般念头，连说："对，对！"

牟颖和赤丁子握手谈了一夕，便决定结为兄弟。

二十年了，对牟颖来说，这是一个充满敌意的世界，从来没有改变过。然而从认识赤丁子这天起，一切不同了。

牟颖和赤丁子的第一个计划，是把县里老爷们的钱弄到牟颖家里来。赤丁子每出作案，牟颖只需在家迎候，便可见到他满载而归。"做人不如做鬼,"赤丁子豪气冲天地说,"做盗的时候,总害怕被人抓住,如今总算不怕了。"他跳到牟颖屋中,就着惨绿的灯光,笑嘻嘻的,两人豪气干云地数钱。

"我们现在有许多钱,"牟颖惋惜地说,"可是你却不能用。"

赤丁子看着他,叹口气:"我生前喜欢大把花钱,如今白看着这些,一个也用不成,这是做鬼第一件不好的事。第二件不好的事……"

牟颖问:"是什么?"

"我从前去别人家偷东西,看到长得漂亮的丫头媳妇,也便一起偷出来,天亮再放回去。钱不放回去,人是要放的。她们怕羞,从来不讲。如今这件好处,我也用不到了。"

赤丁子目光灼灼地看着牟颖:"我虽然死了,你还活着,你曾发誓和我同死同葬,我不负你,我要让你尝到我过去过的那种日子的滋味。"

邻家的少妇瓦姑,才十八岁,嫁过来已经一年了。赤丁子说,今夜他为牟颖把瓦姑偷出来。

瓦姑从外面进来的时候,牟颖吓得腾地站了起来。瓦姑进屋后一下子瘫倒在地,半天才醒过来。瓦姑说,她不知道自己是怎么来的,她在梦中只觉得被一个人背了进来。瓦姑说,她认识牟颖,她从窗子里朝外看的时候常常看见他。瓦姑说,这可怎么是好,她要回家,可是家门一定是锁着的,在外面敲门,便会被问为何出去了。若是争问起来,她辩不清楚。瓦姑哭起来。

牟颖一直听瓦姑哭诉,他觉得全身都僵住了。他这才发现瓦姑果然如赤丁子所说,是个天然的美人儿。她有两只整天劳作的大手,荆钗布裙,却浑身上下洋溢着少女的美。在瓦姑面前,牟颖垂首无言。

这天晚上,哭累了的瓦姑睡床,牟颖睡在长板凳上。第二天白天,牟颖关紧了门,在门外上了锁,让人们都以为他外出了。他和瓦姑闷坐在房里。牟颖呆了脸,看瓦姑的美色。

"这到底是怎么回事呀?"瓦姑扑哧一笑,说,"这是什么怪?我怎么跑到你这里来了?让人知道我和你在这里,怕不羞死人了。我家郎君说,你是个很奇怪的人,从来不跟人说话,像是谁也瞧不起。"

瓦姑打量着牟颖,看到他长身玉立,默默无言。

"打我第一次瞧见你,就没看见你脸上有过笑模样儿。你愁什么呢?看你这腿上的花绣,倒像你是个不好的人,可我看你很好,不像是个坏人。孤孤零零,让人心疼。人家说你父母俱无,你要是我兄弟就好了,我倒想好好地照顾你。"瓦姑说。

他俩闷在房子里,谁也不说话,近处的市声听得清清楚楚。他们听见卖糖水的走过去了。他们听见卖百种货的货郎儿走过去了。他们听见儿童在叫喊。他们听见隔壁饼店的杂役在街上说瓦姑丢了的事情。

牟颖总觉得自己有许多话想对瓦姑说,却不知道从何说起。闲不住的瓦姑问他要点针线做活计,牟颖说家里并没有,都是央街上的人做的。瓦姑拎起他衣服的一角,笑着说:"你看,这就是街上做的,这里应当另缝几针,这里裁得不好,这街上做得不用心,哪有家里做得好。我在家时候,常给庄上的太太们做活,都说我做得好。什么时候,我来帮你缝两针。"牟颖想去抓住瓦姑的手,却只听得见自己的心跳,他僵在那里,觉得手心都出汗了。

赤丁子闯进来,笑道:"你竟然白白地把那女人放走了。可惜了尤物!"

牟颖此刻突然觉得赤丁子很讨厌,说:"我和你,毕竟还是不一样的人。"

赤丁子眉毛一挑:"看来,我把你当作我自己的计划是不能实践了。你没有胆气,你比我差得远。"

牟颖默然承认了。

这些天他总觉得思念瓦姑。虽然在一起只有一天一夜,可他觉得两个人认识已经有一辈子那么久了。他自己睡在那里,眼泪也会流出来。瓦姑的脸,瓦姑的眼,瓦姑的笑,瓦姑对他关怀的神色。

赤丁子几天没来,但不久,两人关系便又恢复如常了。赤丁子搬来的金银无算,牟颖却并不关心。现在他有了心事,总觉得间壁的窗子内有一双眼睛在温柔地看着他。即使待在家里,他仿佛也感觉得到那目光。他时常出去徜徉,假如正好遇见了她,这一天就好像没有白过。

在遇见赤丁子之前,牟颖觉得人生没有意义,经常想到死的事。遇见赤丁子之后,他知道了人死神不灭,那么死亡也就没有什么意义。既然一灵永在,那么人生真是漫长得让人绝望。遇见瓦姑之后,牟颖却觉得人生值得活下去。

"公子。"牟颖路遇瓦姑时,突然听见瓦姑叫他。

牟颖转过头去,瓦姑的目光缠绕着他,然而附近有人,他们之间,只有短暂的一瞥。

赤丁子逐渐地知道，牟颖和他，是不一样的人。他喜欢看到鲜血从人的身体里流出去，他喜欢看到人家财散尽时候的绝望，他还喜欢奸淫处女，这些欢乐都是世间至上的快乐，牟颖竟然不懂得欣赏。牟颖是个没出息的人。

"我最后为你做一件事，"赤丁子说，"我知道你想要的是什么。"

牟颖有了这些钱，足够和瓦姑一起远走高飞了，赤丁子要为他备一匹快马。赤丁子告诉他，从这里一直向南，连走二十天，彼处有一个老地主在卖田庄。赤丁子想：这样一来，牟颖就是一个平常之极的人了！他身为厉鬼，只是成全了一段平常的情事。然而赤丁子决意成全牟颖的幸福，只是因为某年某月某日，牟颖为他埋骨，为他哭泣，甚至要与他同死。

赤丁子亲见一轮月亮下，牟颖和瓦姑在马上飞奔。前面必然是自由和满足之乡。贫困、憔悴、孤单和别离都被甩在后面。赤丁子知道在前面——半途中的一座破庙里，将会是牟颖初次同瓦姑品尝缠绵滋味的场所。进入瓦姑的身体之后，牟颖将感到充实。赤丁子执着剑离开了这里，他晓得牟颖已经不再是一个少年，只有他自己才是永远的浪子。

（事出《潇湘录》）

瑶 瑟 怨

呼延冀得了忠州司户的官，带着妻子如意儿去赴任。在山东泗水一带，他们遇到了盗匪，抢走了钱和行李。为了搜检细软，呼延冀被扒光了衣服，他死命护住妻子，不令盗匪靠近，幸好盗匪并不留恋，大笑着策马走了。

这里本来人烟稀少，黄昏时分更是荒凉，一条运河浩浩荡荡，令呼延冀有"烟波江上使人愁"之感。他扶了妻子，跟跄前行，想到前方去寻人家借宿。远远地，他们瞧见一位牵驴的老人的背影。两人急忙赶上，那老人缓缓转身，看见了衣不蔽体的呼延冀。

"这是？"老人诧异地问。

呼延冀赶紧把遇盗的事情说了一遍。老人看看呼延冀和他身后的妻子，微笑着说："那你们跟我走吧！离这里没几里路，就是我家了。你和娘子到我家住下，不发愁。"说着，把手里的鞭子对着小毛驴挥了几下。

这是一所深林中的大宅,这地方地广人稀,老人家的房舍着实宽敞。几进的大房,几乎没有人住,房后是马厩和牲畜棚。

呼延冀与妻子被安排住进一处厢房,老人从箱子里拿出几件新衣,给呼延冀穿上。新衣的颜色太鲜,红的太红,绿的太绿,呼延冀颇有些不自在。接着摆上酒肴,老人亲自把壶,劝呼延冀喝了几杯。

"人生在世,坎坎坷坷,钱财是身外小事,所幸人都好。"老人说。

"诚是!"呼延冀点头道。

"郎君此去忠州,计有多少路程?"

"怕不是有三千多里,车马兼程,也需有半年多才能到。"

"到了忠州,自然是不愁的,司户一职,颇有实权。我愁的是官人这一路,行囊全失,分文皆无,可怎么走呢?"

呼延冀不语。这也正是他心中忧愁的。

"还有,"老人看了看四周,呼延冀的妻子早避到帘后去了,他压低了声音说,"我看小娘子,颜色大好,这回遭劫,万幸无恙。前去三千里路,山山水水,形势叵测,又没有忠仆跟随。带着娘子上路,就像是在路露白一样,其实是引动盗心。"

呼延冀皱眉道:"不瞒老人家说,荆妻与我是儿女夫妻,感情深厚,她一定要随我前去,不愿在家守候。"

呼延冀话音未落,帘子后面有个清脆的女声响起:"我自然要去,怎么不让我去?去时候半年,回时候半年,做官还不知道要做几年,等来等去,我都成了黄眼珠子的老太婆了!"

呼延冀面有愧色,对着老者道了声"得罪":"荆妻在家被娇宠惯了,这性情,如火般热,口利舌快,老人家请莫介意。"老者亦只是微笑着点头,又劝了一回菜,才告辞了。

呼延冀发愁上路的事,长吁短叹。如意儿嫌他聒噪得让人睡不着觉,呼延冀便轻手轻脚地走出房去,又轻轻将灯吹灭。

老者的房中还有一灯如豆,呼延冀在门口张了一回,就听见门"咿呀"一声打开了。

"郎君,还没有睡?进屋来坐坐。"

呼延冀垂头进屋,老人让他在榻上坐。

"老丈,某眼下有两项难处。"呼延冀缓缓开口。

老者微笑地听着。

"第一项,眼下路费无从筹措。第二项,诚如你所说,荆妻不宜再跟我往前走了。只是,她也没个寄身处,同我又难抛难舍。"

"郎君如不弃,"老者说,"某家中尚有几两银子,就拿出来权作路费,你说好么?"

呼延冀顿觉一喜。

"小娘子若不能走,这也好说,只管寄顿在老身家里。你看,老身年近七旬了,家中只有老妻,正好与娘子做伴。郎君到任,只管派人来接,彼此当个亲戚走动。我家虽算得上是殷实之家,却没个做官的三亲六戚,今日天幸贵人临门。"

呼延冀没想到难题这么顺利就解决了,高兴得连连搓手。"既然如此,"呼延冀道,"怕不得羞,有一事还须让老丈知道。我的这个娘子,你看见她生得这种态度模样,就知道她不是平常人家老老实实做活的女子。实话说,她颇会唱曲,瑶瑟琴筝,样样来得。让老丈知道:她原是宫里长大的,从小在宫中学会清歌妙舞,专门伺候主上的。后来放出宫,与在下相爱,嫁给在下为配。她酒量颇好又贪杯,请老丈留心莫让她近酒。还有,附近若有什么浮浪子弟,千万留神莫要使他们接近荆妻。"

老者嘿然,再三点头,似乎不知道该说什么好。

"休想让我在这个破村子里住下来!"如意儿用手捶着呼延冀,"这里有什么呢?到处都土气。连个说话的人都没有!我要和你走,哪怕死在路上,你不能不带着我!"

如意儿吵了半天,呼延冀好话说尽。他对她说这里虽然荒僻,老丈家里却颇富裕,她可放心住着,他到任立刻派人来接。他说,天幸他们在路上遇见老丈,其热心有信真超出万万人之上,万一前方再次遇险,必然不像这次这样幸运了。

晨光熹微时,呼延冀穿着一身村俗的新衣上路了。他的妻子执手送他出门,边哭边说:"做一个芝麻大的破官,还要跋涉几千里。我本来是要和你一块儿走的,你又把我留在这个破地方,我数着日子,八个月内你必定要来人接我,你要是不来接啊,我也不在这个地方住着了。我跑出去嫁别人,凭我,还愁没人乐意娶吗?"呼延冀握紧了如意儿的手,指天画地地发誓,他必定会马不停蹄,一到任就派人接,就算晚了几天,也让她千万安心在此。"你要知道,我俩跟别的夫妻不同,我极爱你,一旦别离,我想你的心一刻都不会停歇呢。"

呼延冀派出人去泗水接如意儿已有五日了,这一日,呼延冀突然接到了如意儿的一封信,字迹潦草,上头也没写称呼:

"我写这封信,是为了告诉你最近发生的事情。你知道我打小儿是宫里的歌姬,什么妇德妇容之类的,通通跟我没丁点儿关系。宫里的日子,就是唱歌跳舞,唱的是情歌,听的是情曲,所以情窦早开,每日里只觉得寂寞难耐。被放出来之后,恰好遇到了你。你住我隔壁,诗狂酒逸,少年放荡,我一下就喜欢你了。彼时彼刻,你恰好出现在我面前,如梦中出现过的样子。你说过我也正如你梦中的人一样,是吧?那时候我多庆幸能遇到你呀。你还记得小院儿里的那处石榴树荫吗?那时我虽然仍是处子,却觉得那一刻是期待多年的,所以毫无畏惧。

"好吧,现在我已经不喜欢你了。因为你不带我走,你把我一个人抛下了。我再三地和你说,不要丢下我,你却还是走了。我虽然勉强同意住在这里,你走了之后,我却又伤心起来。你真忍心,你真狠心。三天来我一直都在哭哭哭哭,眼泪从来没有停下来过。前天晚上有个人过来安慰我。他是那老汉的儿子。你真傻,那老汉有个儿子,还没娶亲,他故意没有跟你说。我看这个人还不错,年轻,也还不讨厌,就跟他狂荡春风。他说他极爱我。你抛弃了我,我又守什么贞洁?现在我已经是别人的人了。"

呼延冀从座位上跳起来。他用发抖的手握紧了剑,一直策马跑出很久之后,才意识到自己的身体是冰冷的。他说不出话来。他不想吃东西。他只是骑在马上,赶!赶!赶!

呼延冀寻遍泗水城内城外,他要杀人。他要杀掉那老丈、老丈的妻子,他要杀掉老丈的儿子。他要夺回他的女人。呼延冀提着剑找遍了泗水。他站在运河边上大哭,脸上挂满了泪。由于在马上昼夜奔跑,他的衣服都破了。

呼延冀终于找到他们那天遇见老丈的地方了。沿着断续的车辙,他找到了深林中那一日留宿的地方。没有宅院,没有他那天留宿的、几进几出的大宅院,只有一座大冢。

呼延冀木立在冢旁良久。他抽剑劈开那冢,向深处掘去。冢中有几口棺木,在其中一棺内,他发现了自己妻子和一位少年的尸体。妻子的尸身不过半朽,少年的尸体却已是一具骷髅。呼延冀把妻子抱了出来。

毁掉了大冢的呼延冀在别处重葬了他的妻子。年轻的她,明眸皓齿的她,有着温热肉体和滚烫眼泪的她,他是再也见不到了。

(事出《潇湘录》)

饼　师

尤家第五个女儿小青，由她的父母做主，嫁给了姜家的二郎。二郎在宁王宅左卖饼，祖屋虽小，亦可以容身，生意照顾整条街，宁王宅里的仆役随从亦不时下顾。

新婚当夕，小青见到一位长身的青年，岁数与她仿佛，相貌说不上英俊，但绝不丑。他轻轻帮她提着裙子，给她端来盥洗的热水，他的手触到她的裸脚，令她含羞，脸红到脖子上去。他认真地把他俩的衣物叠好，帮她卸去钗环，才开始同她修习起人生必做的功课。他俩都是头一回，他的知识来源于头一晚他兄长的传授——他特地去问跟女人相处的注意事项，他哥哥连这个一同说了出来。

三天后，小青换上干净的家常衣服，在二郎身边卖起了饼。发面、揉面、刷油、调馅、上锅，全都不消她插手，她丈夫做的饼，在这方圆几百里还找不出第二家！她要做的只是把热腾腾的饼用荷叶包起来,递到前来买饼的人手中,再接过他们拿来的铜钱。

如果是宁王家的食盒,往往意味着一笔小生意:一百枚桂花糖饼,一百枚茶油千层饼,一百枚外酥里嫩蟹壳黄……她的丈夫四更天就开始忙活,准备宁王家的早餐,小青自然也不能闲着,尽管二郎再三同她说,让她多睡会儿。

"宁王家到底有几口人?"小青看着那摞成小山的饼,好奇地发问。

"宁王是皇帝的哥哥,本来是要做皇帝的,他不想做,就让给他的弟弟三郎做了。所以现在普天下,除了皇上,就数宁王大。他家里的人口数也数不清,你看那大宅第,从这条街上宕开,一直连到那边的兴庆宫。他家里小妻有好几十个,都是从他家歌姬里面选出来的,个个都是绝色。不过,听说都不如你美。"

"瞎说。"小青红了脸。

"不是我瞎说,是昨日来我家送食盒的李万说的,李万是宁王的贴身小厮,他说的还能有错?"

小青被抬进宁王府的当天夜里,就被宁王近了身。原来是一个半老的胖子,脱去绮罗,露出垂坠的肚腹。他对她做的那些,她从未经历过,更未经历过有人在旁侍候观看,一夜之间，惊怒疑惧，莫可名状。连着三天宁王都来。渐渐地成了隔天来。又渐渐地三四天来一次。白天有若干人围着她，向她恭喜，说她是宁王最宠幸的姬妾。还有若干绮罗美人来看她，称她是"从饼师手里买来的"。

"你还记得那个卖饼的吗？"一天深夜，宁王问。小青不答。宁王连问，小青依然一言不发。宁王诧异地笑了起来。几天后，在那照烧高烛的宴会厅中，来了十几个当时有名的文人骚客。小青盛妆陪侍在侧，听他们联吟诗句。突然有新的人进来了，走到宁王面前。小青无意中抬头，看见了她的故夫。

他还是那样干净整洁，穿着布做的衣服，脸庞儿匀整。他也看到了小青，与她四目相对。两行眼泪从小青脸上快速滑落下来，接着有更多眼泪，收也收不住。她想问他最近好吗，是否又娶了新的人。他大概一定娶了新的人了，那新的人，替她享受着在他身边的幸福，接受他殷勤诚恳的爱情，日日夜夜，每时每刻。想到这个，她莫名恨他，尽管从前他们商量过，就是不看在千两黄金和一处宅院面上，他俩也无论如何不敢得罪宁王。但是他怎么可以在她离开之后，气色如此之好，还吃得有些胖了呢？小青这样想着的时候，宁王已经喊了所有的文士，层层站立在她面前，观瞻她脸上的泪水。

"好哦！好！"文士们大声地喝彩。

那个叫王维的文士，还专门为此写下了四句诗：

莫以今时宠，宁忘昔日恩。看花满眼泪，不共楚王言。

（事出孟棨《**本事诗**》）

海棠千树

钟辐大概是今年洛阳城中最快乐的一个人了。他考中了榜眼,正值青春,文采飞扬,玉树临风,盛名之下,有位菜农甘心把绝美的女儿青箱送给他做如夫人。鹿鸣宴罢,醉月三日,朋友遍天下,钟辐心上不免有些春风得意马蹄疾。趁着这得得的马蹄声,他携青箱南归金陵。

一路上皆有朋友款待,以蒲城为甚。这里的太守是他白衣时在金陵的故人,早就宣称以钟辐的文章,折桂如探囊取物,且应做三十年天下文章魁首的。如今果然一半应了他的话。故人见他,执手大笑,布下密密的宴席款待他,每日里都有各路文士前来切磋论文,问道谈禅。钟辐趁醉写了不少草书,被人当宝物似的抢去了。

回到房间中,青箱带着盈盈的笑意,为他宽衣解带,递上一杯香茗。她已经与太守家的男女长幼熟稔起来,大家都喜欢她，称颂她美丽，与钟才子正是一对。被钟辐抱在腿上，青箱仿佛无意中说起："我们在这里久滞不归，等到了家，夫人先有了三分气，还能让青箱进门？"

"不要这样说，你太无礼了。"钟辐说，"家中夫人是名宦之女，才貌双全。当初也是因为她爱我，才自愿结成婚姻，否则钟辐恐怕高攀不上。新婚燕尔，情热之极，无奈离家应举，我心上也时时想念她。"

青箱不再说话，心里却灰暗下来。等钟辐到家同夫人见了面，天生一对的就不是他们二人了！她想了又想，两手紧紧抱住眼前的才子，觉得自己整颗心都碎了。这万人崇敬的俊才，这青春的郎君，此刻还属于她的怀抱，不论如何，先享受目前的欢乐吧。

她的殷勤侍奉让钟辐感到温暖，令他的欢乐更加无忧无虑，他在享受着她；而对青箱而言，在蒲城的日子好像云端的梦，每一天都是明亮而甜蜜的。她想要这样的日子无尽地延续下去，几个月过去了，似乎钟辐也并无归意，她不明白为什么有一日大清早，钟辐要起来匆匆理装，并且告诉她说："今天就回去吧。"

雇头口，坐车，搭船，顺着风儿漂流而下，前面叫作采石渡。钟辐告诉青箱，离家已经不远了。青箱坐在船舱里，看着不远处的彼岸,突然感到胸腔一阵刺痛,那疼痛越来越疾,痛到窒息,连手指尖都是痛的。青箱扶着桌案倒了下去。

钟辐到家时,并没有美人在侧,船上只有青箱的灵柩,而家中的樊氏也早已仙去了,她的坟在采石渡,因此青箱被送回了采石渡,葬在樊氏近旁。在两人坟前,钟辐哭光了他一生的眼泪。就是那一晚,他梦到樊氏寄诗给他,因此决定回家的那晚,樊氏已经不在人间。这是春暮,采石渡有千树海棠,每一株都在诉说着他的薄情,如梦中樊氏的诗:

楚水平如练,双双白鸟飞。金陵几多地,一去不言归。

(事出文莹《湘山野录》)

盛大的出走

卢生和他的妻子决心要离开他丈人家了。

半年前,一身萍梗的卢生在沙尼驿前的枣树下遇到了老髯,那时恰值枣熟,不少人在那里打枣。卢生自恃练过一些拳棒,脱去了上衣,上前抱住那棵枣树撼动起来,枣树通体震荡,果实纷纷坠地,周围的人大声喝彩。而不声不响的老髯上前将枣树轻轻一抱,回转身来,不多时,树上的枝叶连同枣儿如落雨般尽数脱落,而那棵枣树僵立,已彻底变成枯木。

"这便是仆所习的内功。"

卢生走入了那一男五女的家庭,成为老髯的第二个女婿。他妻子的姐姐已经守寡多年,素面朝天,冷艳凌人。她们姐妹二人同父异母,二母俱在,操持家政,家门整肃。而那跛足的老祖母拄着一根铁拐,宝刀未老,志在千里。

"汝既有去志,明日即当祖饯。"老祖母沉吟久之方曰。

卢生已经看清楚，老髯奔走江湖，干的都是些杀人越货的勾当。他颇有些后悔当初留下，却又庆幸得到了柔婉的妻子，更庆幸的是：妻子愿意同他一起走。他们必须对付那一场盛大的饯行宴了！

首先迎上来的是持斧的姐姐，对他们露出难得的笑容："妹丈，要走了么？请吃一碗银刀面！"他的妻子取出腰间的锤，格挡间说："姐忘了吗？姐夫刚去世的时候，姐一个人冷冰冰的，那三年都是我陪着姐姐睡！"姐姐的斧直逼面门而来："傻妹妹，少啰唆！"

姐姐毕竟不是他二人的对手，很快落败下来。他俩逃至外堂，碰到了等候多时的嫡母："娇客要远行了吗？路上没什么带的，这枝竹节鞭给你！"他的妻子跪下来说："娘知道姐夫去世以后，姐姐伤心成什么样！虽然我不是娘亲生的，可娘也一直疼我，不会忍心看着我跟丈夫分开……"嫡母并未心软，一鞭下去，险些鞭到他们，幸好妻子练就的沙家流星锤万夫不当，这一关也就轻轻过了。

中堂端坐的，是垂涕的妻子的生母。只有他的妻子知道，这是老髯家最厉害的角色，力敌万夫。"儿太忍心，要抛下娘去了吗？"随着涕泣递过来的，是一支绿沉枪，枪上有金钱数枚、明珠一挂。

快到大门时，当头飞下一支铁拐，如泰山压顶，稍不留心，就能将人的头颅敲个稀烂。卢生之妻极尽平生技艺，取双锤支架，卢生从拐下冲出，夺门而奔。从此，二人与沙尼驿知名的老髯再无关系了！

二人卖掉明珠，做点小买卖，终其一生，他们再没干过舞枪弄棒的勾当。他们像两株风吹来的植物一样，在离沙尼驿千里之外的地方落地生根。不会有人知道她是从哪里来的，知道她的过去的人，也不会知道她和她的丈夫现在在哪里——且慢！她在门里拾到一封信，那熟悉的字迹让她满眼热泪。

她的母亲在离他们不到二十里的尼庵里住了三十年，在那里安静而孤独地死去。在临死前留下的这封信里，她说老髯一家已被灭门了，唯她逃了出来，这几十年是幸福的，因为知道他们二人过着平淡安康的生活——

出则衔恤，入则靡至。

（事出文莹《玉壶清话》）

满 路 香

那一年,钦山还年轻着呢,新剃了靛青的头,是个齐齐整整的小和尚。他同岩头、雪峰走在一起,愈发显得唇红齿白、眉目如画。那二位师兄,对他是极爱护的,他们说他素有慧根,假以时日,必定能成一大善知识。登山、涉水、挂单、托钵,经文在口中反复吟念着,日子就这么一天天过。

那一天他们在碧波千里的大湖边走了半日,才看见一处村庄,村南村北开着杏花。他们信步走到一户人家求点水喝,那家门户开了,走出一位荆钗布裙的少女。她向三位师父看去,目光在钦山脸上停留了片刻。"有水,且请坐坐。"

他们坐在这家的豆棚下,闲闲叙话,等水上来。少顷,少女在他们面前各放了一只盏,便又进去提开水。开水来了,倾入面前的盏中。

钦山已经把盏中那枚同心结收到袖子里了。

二日后，忽然失了钦山。岩头同雪峰说："我知道到哪里找他。"他俩又走了许多回头路，果见那家门外挂起了红灯。"喜事就在今夕。"牵牛的老翁笑吟吟地告诉他们。他二位在山墙外候着，依稀看见钦山满脸喜容，走出堂屋，在花树下洒扫。"钦山！"岩头隔着墙说，"热锅热灶，美妻良田，好羡慕人，还要向你道喜。"

钦山脸上变作讪讪的，走将出来。

"听说这家只有孤女，正好招赘你进来，为她顶门立户，这样的美事到哪里去找？有这样的事，为兄早已还俗一百次了。"岩头笑嘻嘻地说。钦山挠了挠头皮："多年来，多谢师兄教诲提携。只是成佛路远，这次差了念头……"

"不要说差了念头的话，"岩头说，"我们去觅个净处，焚香告菩萨，说你还俗，这也算是有始有终。"

他们三人来到村外山中，趁钦山不备，那两位把他抬起来，扔进了荆棘丛中。"哎呀，救命！"钦山不知深浅地扑腾了几下，衣服钩住了更多棘针，他愈挣扎，挂住的荆棘越多，帽子早已滚落，他全身陷入了荆棘丛中。

岩头与雪峰看着光身爬出来的钦山，问他："你悟了么？"

"我已经悟了！"

他俩把一件僧袍丢给他穿。

许多年后,钦山大师升座时,总是会问一句话:"锦帐绣香囊,风吹满路香。你们悟了吗?"

没有人知道他说的是什么。在徒弟们的凝视下,钦山总是垂下头来,不言不语。良久,方开始讲经。事情传到岩头耳朵里,岩头哈哈大笑,让人给钦山传话说:"去告诉你师父,'传语十八子,好好事潘郎',看他怎么说?"

钦山还能怎么说?那一年,芬芳的山村中爱着他的少女,为他打着同心结、朝夕倚门盼他归来的少女,也已经白发皤然了吧。

(事出陈师道《后山谈丛》)

背琴的人

　　李白来长安这家酒肆饮酒十多天，每晚都会见到一位背琴的汉子。或临水，或月下，他常抚弄他的琴，琴声凄切感人。他从来不买酒，当他收起琴时，便走到别人的桌前，乞一杯酒喝。酒肆中来往的客人都视他为一名丐者。

　　李白的手搭上他的背，唤他出来说话。他们静静地走出酒肆，走在长安热闹而荒唐的街头，穿过几条街衢，渐渐来到僻静的地点，听得见夜晚的蛙鸣和蟋蟀的鸣叫了。他们二人在水边坐下来。李白说："弹一曲来听。"

　　汉子理好了琴，凝神弹奏。一曲未了，李白已怆然出涕。

　　"你也会伤心吗？"汉子住了弹，看着他，笑了，"人们都说你是诗仙，是放旷拔俗、潇洒出尘的人，原来你也这样脆弱。看来你只是表面上潇洒，心里面一点也不潇洒。说起来有趣，像笙管锦瑟这些丝竹都是助人兴、让人开心的，只有琴声这样地挑动人的伤心。"

李白看着他,勉强也笑道:"我看你这样也算是落魄得很了,或者像你说的,你只是表面落魄,心里面并不落魄?"

那汉子正色说:"我没有什么落魄,表面没有,心里更没有。世人都认为穷便是落魄了,所以才会把我视作一名落魄者,这样地嫌恶我。"

"知道世人嫌恶,你为什么不改?"

那汉子道:"如果是我自己嫌恶自己,自然是要改的。世人嫌恶我,我何必改?"

李白听了他的话,心中一震,又问他道:"你每天在酒肆里抚琴,是为了娱乐自己呢,还是为了娱乐别人?"

"你看这一床琴,"汉子拿过李白的手,让他摸一摸那琴上的纹理,"它是一把旧琴,传自上古。它的价值,整个长安并没有人知道。这琴的秘密属于我,琴声也只属于我,这琴声是传自上古的雅乐,你听。"

汉子的琴声如流水,如静夜,把李白和他所置身的宇宙全部覆盖了。

"懂得古乐的人,听到这样的琴声,会高兴的;只有不懂的人,听到了才觉得伤心。而你,李太白——"

汉子转向他:"你这种人听到了,只感到伤心。你不懂雅乐。"

"你的诗，轻浮艳冶，就是人们所说的那种丽辞，无知的王孙公子才会欣赏。而我，是毫不会为其感动的。"

李白笑道："我的诗就算不入您的眼，我好歹还算是个好道的人。我也学神仙、练内丹的，你不知道吗？"

"你练不成的。你是骨凡肉异，成不了真仙。你出身富贵，不过也不会富贵很久，因为你格调卑下，这是我一眼可以看出的。你现在名满天下，也不过是浮云一样的虚名罢了。"

李白沉吟再三，说："那么我们喝酒吧。"

他决心不在意这个弹琴的人说的话，尽管他的琴声实在清古，也许称得上是当世第一吧。但他这个人，无非也就是个言谈怪异、举止乖张的乞儿罢了。一个乞儿的话，有什么好听的呢？李白所求，不过是跟他共醉一场。这一晚他们的确共醉了，并且共榻，一直睡到第二日的太阳也西斜了。他拒绝了李白一同去酒肆的要求，背着他的琴离开。此后李白尽管再三在长安的各大酒肆中寻找他的踪影，却再也没有见到过他。

（事出隐夫玉简《疑仙传》）

如 梦

落座后,丁谓转头看了一眼来人。那人的眉头紧蹙,拿起茶呷了一口,美如冠玉的脸上现出无奈和怅恨。

"江南国乐否,刘少卿?"丁谓转过头来,皮笑肉不笑地说。

"我已经不再是驸马都尉了!"来人说,"所有的官职都解了,倒不是因为我犯了什么错,某在江南国,是很持谨的。国主待我,一向很好。公主逝世,我也很伤心。她是南唐那几位擅写小词的国主的后人,自然是文采黼黻的,更不消说姿容秀丽、风华绝代。娶妻若此,某感恩晋公您的举荐,每天都念佛号,望您的富贵能如江水,绵延万年。"

"生老病死,人之常情。节哀吧。"丁谓说。

"公主病日,我守护病榻,寸步未离。"来人含泪道,"江南国主的性子颇古怪了些,公主刚瞑目,便命某即刻离国。他说：我再也不想见到你了！我同你今生是没有缘分的！快走快走，看到你，我就想起我那可怜的公主啊！两个内官把哭倒在地的某搀起来，架到门外，便弃某于地，重重地关上禁门。彼时，某身无分文，就连回来的行装，都是解了腰玉换的。"

"他是曾经失国之君，性气不好。"丁谓说。

所谓江南国即南唐，太祖开宝四年十一月，禅让多时的南唐主改称江南国主，偏安一隅，朝赏暮乐，倒也没有什么不快活。丁谓在中书时，有一回宴饮宾客，说起江南国主最钟爱他的某个女儿，要为她选一位年轻且富有才华的俊美驸马，有人便提出洪州郡参谋刘生是不二之选。就是眼下的这位了。丁谓这几年听说他在那边良田甲第，鸣珂锵玉，正所谓富贵清华，众人所羡。谁想到这会儿仓皇至此呢？

"你既然回来了，洪州参谋一职还为你虚着，虽然不甚丰肥，不失为眼下之计。"丁谓说，"我家今晚有席，你来了正好，都是旧朋友，大家可随便谈谈。"

"南柯太守是李公佐的杜撰，"一位门客持酒杯笑道，"原以为是小说家言，谁想到果有此事！世上果有江南国乎？公主又是何人？"

刘参谋饮尽了杯中酒，怆然出涕。一贵官抚其肩膀，感叹道:"纵有江南国,也不过是虚花泡影。人生百年,一场梦幻。李公佐文中结句:'达人视此,蚁聚何殊。'今日想来,正是这话。"

"是这话不假,"刘参谋道,"昨日还衾温帐暖,佳人在侧,得意之气,上冲霄汉。今日……"他茫然四顾,泪下如倾,"哎呀,痛之何如!"

"今日又如何?"一门客道,"今日是宰相衙第,一样的势焰熏天哪!刘参谋,多少人羡慕你的造化,如今就算一文不名,狗屁不是,不也在晋公家里喝酒么?平常人哪有这个福气?江南国主,不过是个亡国之君,晋公才是当今的实权派,依我说,当那假国君摇摇欲坠的女婿,还不如投靠晋公门下,千秋万世。"

"晋公又如何?"丁谓回转身来,他已经半醉了,"来日……来日……我……能有刘参谋的际遇,已经算是不错了……"

半年后的驿路上,疲惫不堪的马载着一位老者,随行的只有几位老仆。他身量短小,面孔瘦削,认识这张脸的人,都知道他是丁晋公。他的前程是海角天涯,他的家财,都已经被籍没了。正是:

莫醉笙歌掩画堂,暮年初信梦中长。

(事出《续湘山野录》《渑水燕谈录》)

西　池

　　侯诚叔是在春意和煦的西池边初次见到独孤女郎的。那天正是小雨初霁，西池边清无纤尘，一个绿的春天整个铺平在水面上，荡漾着，揉碎着，旋又摇晃着弥合起来。兀立长桥的侯诚叔看到一位妇人，扶着小青衣在池边走。她仿佛抬起头向他望过来，这令他的肩膀不自然地一震。

　　第二日，侯诚叔依旧到西池去。那小娘子还在那里，两个人像是约好了。侯诚叔总觉得她是因为他而来的，但是又不确定，正如他也无法让她知道他是为何而来一样。他想要走下桥去，走到她们身边去，却又不敢。就这样看着日头西了。怀着怅憾，侯诚叔随着人群快要走出西池了，从他侧面不知何时冒出来的那位唇红齿白的小青衣，用娇怯的声音喊住他：

　　"这封信……是我家主妇让我拿给你的。"

　　侯诚叔打开那封信，看到上面只有四句诗：

人间春色多三月，池上风光直万金。幸有桃源归去路，如何才子不相寻？

  侯诚叔的心跳了起来。小青衣继续低低地说："她说要后日见，西池，老地方。"说罢，红着脸对他看了一眼，忙不迭地走开了。
  后日自然是个好日子。尽管离得那么近，侯诚叔仍然不敢看她，只是当她向别处看时，才敢偷偷地扫她一眼。她是明艳的，让他有些目眩，那柔软袅娜的腰肢勾起他的无限想象。既然寄诗给他，那么继续下去应该不成问题。果然这天她同他定了后期，让他到城北她家里去。
  找她的家费了他许多天的工夫，还好他终于在西池又遇见青衣，说好日子，她在某处柳荫下候着他。那日子来了，他跟随青衣走了很远，说是到了她家门前，却不进去，只在近旁酒肆中坐下。他饮酒，青衣也陪饮几杯。这样的等待并不寂寞，只是酒越来越多了。颓阳西下，青衣扶他起身，穿了几重朱户，他重重的身体倒在一席锦榻上，眼前是高照的宝烛，晶莹剔透的夜光杯，侯生的眼睛，和他的嘴唇，以及他的心，都是这样疲倦甜美并且沉醉了。
  侯诚叔知道她们是来历不明的生物。他自己一人回到家中的日子里,尽管思念搅得他浑身不安,他还是忍不住再三想到这一切的诡异之处。他的身体上还残存着她的异香。他的皮肤还记忆着她皮肤的滑腻。她温柔而销魂的姿态让他想起来便如痴如醉。但他知道她们不是人间常物。他沿着旧日的道路走到城北去,寻找他饮过酒的酒肆,和他与情人放浪其中的那所宅子。他问了许多人,哪里是独孤家的住所,却没有人听说过,直到柳荫下一位箬笠老翁告诉他:她们是狐狸。

听说思念能够令死人复生。对侯诚叔来说,无日无夜长久的思念能够再次把她从虚空中召唤出来,这倒是真的。

小青衣的身影出现在他家廊下,就好像是走亲串友的邻家小妹。他迫不及待地打开信看,信中说,知道他已经向老翁打听到一切了,以她那么多年的人世经验,他在了解这一切后,对她还有这样的思念也真是少有。

欢喜中,他决定写一封复信给她。在屋中,青衣侍立一旁,葱管儿一样的玉指帮他研墨。他忍不住把那手儿握住,逐渐地,竟成了两人之间的拉扯。然而青衣那一点力气哪里敌得过他呢?在他身下,小青衣喘息着说:独孤娘子的性情是严厉的，如果他那样去做了，恐怕她便无法在她身边待下去了。但是侯诚叔不听。他的热火需要她来平息，那挣扎的、媚态横生的小动物，她曾经和他饮过酒，善解人意，并且一贯那样的娇怯。

他们约会的地方古木森森，到了日沉天暗的时刻，一切就更加怕人。宿鸟成群地飞去。暮色从四周覆盖下来。侯诚叔蜷卧在厚厚的落叶上，听着喧嚣的林中一切可疑的声音。

她来了。

"你为什么离开我那么久？"侯诚叔握了她的手说。

"你已经知道了，我的丑恶。"独孤女郎低下头，"我怎么有脸来找你？"

侯诚叔想起老者对他说的话。她不知道是几百年的狐狸了，会读书，会弹唱，也懂得一切人间的享乐。从老翁年少时至今，见她有过好几个情人，都因为各种原因分了手。她所说的丑恶，大约是指她有尾巴的真形，也有可能是指她那总不圆满的恋爱。但是侯诚叔眼下顾不得想这个。

"大丈夫生当眠烟卧月，占柳怜花。"侯诚叔把低头羞愧的她揽入怀中，"我的一生没有别的指望，只要有你便是人间天堂了,我们二人哪怕醉着过了这一生,又有何妨?"

他们在她林中的别墅里度了销魂的整整十日。十日后,她对他说,回去找一处房子,他们从此要住在一起了。

十年就这么在她的照拂下度过了。

香艳欲滴的肉体只是他认识她的第一步,现在他慢慢地熟悉了她的一切。她每天早睡早起,头发总是梳理得很整齐。她吃得很清淡,也想尽办法调理他的饮食。在她的管理下,他的家事井井有条。她心地善良,待人宽中有威,家里所有下人都感激和敬畏她。她对他的意义不光是内助,外面的事情她也懂,像是个不戴头巾的男子汉,知道他应当怎样写文章,也知道他应当接近什么人,在哪一支政治势力中站队。

开始的时候他总会遇到一些道士之类的人,说他的面上有邪气相侵。他略感不安,顾左右而言他。然而她有办法,拿出了仙家养生的法子,让他约束自己的欲望,不要总是由着自己的性子。他的身体很快复原了,而且精神越发盈满。他们连子女也有了几个。这完美的一家人,如果没有娘子是狐狸这一桩不美好,简直就事事俱全了。

有一天他说他想要买一房小妾。

独孤娘子不肯同意。

"仅是一房妾而已,丝毫不会影响我对你的感情。"侯诚叔说,"你的人品、性格,在这世界上不会有第二个了,我的一切都是你给的,如果没有你,我不会有这样的家庭,这样的幸福。你想,我怎么可能不爱你?我的感情是不会变的,只是需要跟其他女人偶尔放纵一下。十年了,我只有你一个女人。"

"我不会答应的。"独孤娘子忍了泪说,"当年,你淫污了我的青衣,我只好把她放逐到南海之外。她是从小跟着我的,我不忍心,可也没有办法。你如果纳妾,我会让那女人死。"

侯诚叔知道独孤娘子做得到。他不再提纳妾的事情。

不久他说他要到舅父家去。舅父家在南阳,彼此不通音问十多年了,但舅父是南阳大贾,这样的一门亲戚,总是来往的好。侯诚叔说,一两个月后,他就会回来。

独孤娘子批准了,只是她说:"你不要见新而忘故,重利而遗义。"

"倘若我的妻子不是狐仙,"侯诚叔想,"那么我可以纳个妾。"

"一个普通的女人,总是不可能管到我纳妾的。如果她要管,也顶多就是哭闹一下。我如果坚持纳妾,那么也就纳了。过几年,大家总会习惯的。"

带着这种想法的侯诚叔,一路上饱览了沿途的风月。虽然发泄了些多余的精力,他还是发现自己并不喜欢妓馆的姬人,她们肮脏低俗。他好歹也是跟神仙厮混过的人,就连那绝色纯美的青衣,也只是他曾经饥渴时的替代品。他喜欢的是良家女子。小青衣那样听话又柔顺的,可以做他的美妾;他妻子那样美丽而严正的类型,也是他所爱的。

所以,当他舅父问起他的婚姻时,他把自己的处境和盘托出。他知道舅父不会把他家里的狐妻当回事的,也便缩起头来忍受着舅父的责骂。舅父骂了他一通,责他悔过,并要为他另找一头婚姻。问名、纳彩、寄帖,事就这样成了。

对方郝氏是大家闺秀,揭盖头时,他觉得她的姿容并不在独孤之下。新婚畅意,神采欲飞,他觉得自己得到了想要的一切。他把近来发生的事写信告诉了独孤娘子,请她原谅他的背叛,原谅他屈从于舅父的安排,同时,他还请求独孤仍然爱他,因为他也不能忘情。

"你是神仙一样的人,同你度过的十年是我生命中最美丽的十年。"他写道,"无论如何,我永生永世爱着你。我会再回去看望你的。我永远不会忘记你我之间的盟约。"

他收到了独孤的回信。信中只有一句话:"我并没有任何对不起你的,你却辜负我,我要报复。"

侯诚叔到京师补官后,郝氏接到他的亲笔信:"我已经授官广州,请准备行装前来吧。"

郝氏在路上行了若干个月,才到达广州。在那里,她找不到自己的夫婿。

而侯诚叔在广州时,接到了郝氏的亲笔信:"我病得重了,你若不回来,恐怕就见不到我了。"侯诚叔日夜兼程赶赴南阳,然而见不到自己的妻子。

接下来的一些年,侯诚叔和郝氏不时地奔波在路上。若干年后他们终于在京师找到彼此时,家产已经荡尽,侯诚叔的官也丢了。侯诚叔知道,这些都是独孤娘子所为。

而且郝氏真的病了。一年后,她死在侯诚叔怀中。这一位悲情的人间妻子,临死也不明白是什么让她如此痛苦。

"你尝到所爱的人离去的滋味了吧。"独孤娘子在信中说,"我知道你情深义重。只是,永生之年,你的爱将飘零无依。我可怜的侯生。"

他有事要到街上去。左不过是去赊一壶酒,或者去还米面的债。他没有妻子也没有情人,没有奴仆也没有儿女。他已经是个老翁了,他的衣服也已经破了。

"你是侯诚叔吗?"一架大车的帘子拉开,露出一张明艳的脸。

"是的。"

"我已经嫁给别人了。"她嫣然一笑,"你竟然成了这般模样,让我看了很不开心。"

她给他丢下一袋钱,还嘱咐他千万珍重。她说车里坐着的她的丈夫,是个好人家的子弟,所以也不好和他多说什么。在他的注视下,她就这样和车尘一起消逝在远方了。

(事出《青琐高议别集·西池春游》)

背 灯

越娘在泉壤间已经浑浑噩噩地过了若干年了。起初她不明白死是怎么一回事，现在知道不过是一种没有尽头的、低质量的生涯，没有变化，没有未来，没有朋友。她死得很不愉快，临死前受了许多苦难，一队将她抢到林中的强盗轮流占有她，为了摆脱这种羞耻的生活不得不自尽。她在树林间飘来荡去，看见当初欺压她的人全部死于兵燹，到现在又过了很多很多年了。

究竟多少年？还是问问那个前来借宿的书生吧。他说现在是大宋朝的天下，治平百余年，百姓饮酒食肉歌咏，已经不再是那个乱离的年代。

越娘这才慢慢地从灯下转过身来。于是那个突如其来闯入林中的书生，看见她姣好的容貌了。越娘死得久了，有些不通世故，但是她想，这个人听我说了我自己的故事，知道我是这林中的鬼物，应当是感到害怕的吧？眼前的这人却没有怕，而是目光灼灼地看着她，那目光仿佛一声喝彩，令越娘知道她现在仍然是很美的。

书生作了一首诗给她。越娘展卷一读，不禁害羞起来，倘若鬼物也会脸红，那么她已经脸红：

子是西施国里人，精神婉丽好腰身。拨开幽壤牡丹种，交见阳和一点春。

这个人，她都这样了，他还只是想要同她颠鸾倒凤吗？越娘不禁想起了前世狂荡的生涯，在她活着的短暂岁月中，她曾尝到爱情的滋味。她的丈夫便是她的初恋，那时年少英俊的他经常到她家开设的酒肆中饮酒，她知道他是一名军官。那天晚上，她听到他对她的父亲说，过几天就要回去了。越娘突然间从帘子后面走了出来，他停下了饮酒，杯中的酒不小心洒在桌上一片。

"现在是大宋朝吗？我在世的时候，中国还叫作后唐。我的丈夫是后唐的偏将，他把我带到这里来的。可惜他在战争中死了。"越娘叹息道。

战争中是没有妇人的操守可言的，尤其是一个死了丈夫的、美丽的女人。她甚至来不及因为丈夫去世而陷入痛苦,就已经归了另一个有力的男人。可惜那男人没几天也死了。兵燹中,那人知道自己随时有可能死,因此不顾一切地投入到和她的不倦交合中。后来类似的事情又发生过多次,她像一件物品被人争来抢去,她的柔弱令她无力抗拒任何一人。

"兵燹,你没经历过,永远想象不到那时候的情境。"越娘喃喃地说,对着摇曳的灯火,"每个人想的都是活着,活着,要活下去,首先是自己要活下去,所以就顾不得什么妻子,甚至连生身父母,也不得不看着他们死去而无暇悲伤。饥饿,疫病,水火。整个世界就好像天翻地覆了,身在其中的人会怀疑人世间是否还存在所谓正常的生活。"

杨舜俞是很贪杯的,酒中有真意。许多人不懂他为何频频为酒误事,也不明白他为何与这火辣的杯中之物结成终生好友。对他来说,酒是温暖,是沉醉,是娱乐,把他带到与乏味的日常绝不相同的另一个世界去。

也许这奇特的遭逢是他酒后世界的一部分吧!当醒来时,会发现不过是一场春梦而已。当他醉后策马,被人拦下,告诉他前方颇多精怪时,杨舜俞哈哈大笑,说哪里会有什么精怪！而如今，倘若所谓精怪就是眼前这眉目如画的小娘子，他更用不着害怕了，这样的精怪，正是他的最爱。

他碰到她的手指，纤瘦冰凉，但的确并非虚无，胆子更大些，触到她的腰肢，也是冰凉的，慢慢地向上摩挲，摸到那略微上翘的鸡头小乳，像摸到冬天里悬挂在檐下的冰凌。然而如此柔软，他想自己也许是在触摸一堆积雪。

他感到她的拒绝并不坚决，甚至有一些迎合的意思。她只是说今晚不行，现在不行。她说要让他为她迁葬，把她在林中的骨殖迁到近人烟的干爽地带，令她不再是孤魂野鬼。为此她还作了一首诗给他，里面有"沉魂惊晓月，寒骨怯新春"这样的句子，但看了令他眼前一亮的，是最后两句：

君能挈我去，异日得相亲。

像迁坟这样的事情，并不难做到。

越娘觉得那书生是个可爱的人。

她看到他昏昏沉沉地摇晃在马背上越走越远，忽然想起了什么，又策马回转，从马上翻下来，在她的埋骨之地周围徘徊，结草聚土。她知道他在默默地记住地址。她能感到他的幽情，如他所说，现在是平安的年代，因此他有同她恋爱的心情。生活在平安的年代有多么好啊。

所以一迁居到他的家乡，她便忙不迭地走来与他相会了。

这一夜他果然卧雪而眠，他的体温几乎令积雪消融。他用尽了全部的力气温暖她，他的泪水和汗水滴在她的皮肤上，还有另外的滚烫的液体，和他千百次的抚摩。越娘一一领受到了。她暗想，自己已经孤单了数百年，而放在数百年前，自己也会在他的热力下燃烧起来。

只是她自己太过寒冷，而且再也不会被温暖过来。

越娘知道这样不是百年之计。烛火下，书生用大被裹着她，把洗好的桃子放到她唇边，又斟了酒，要同她喝个双盏。

"我要走了。"越娘勉强笑着说，"你请保重。人鬼殊途，我不会再回来。"

"为什么？"书生惊讶而痛苦，"我以为你爱我。"

"我爱你的程度一点也不低于你待我。"越娘说，这是她此刻强烈感受到的，"我是幽阴之极的鬼魂，而你是至盛的阳体。这样的交往对你会有什么好处吗？我已是死了，你却要好好地活下去。即使爱你到了心碎的程度，我也必须离开。"

"你不能离开。"书生紧紧把她拥在被子中间,好像怕她飞了,"不能这样,为了任何原因也不能离开,为了爱更不能离开。"

整整一个月,他们每晚都会相会。越娘明知道这样是不对的。

他热乎乎的脸儿煨着她极寒的身体,滚烫地贴着她,缠绵,转侧,悸动,说不完的情话。整个夜晚孤灯闪耀,他有时陷入睡眠,但只要醒来,便来与她亲昵,在甜美的倦怠中沉坠在她怀里。那些欢乐的夜晚,那些扫尽孤独的夜晚,那些被浓情蜜誓填满的夜晚不也安慰了她的百年孤独吗?夜复一夜,每当想起他们必然分手,而在一起的每一天都可能是末日时,他们就爱得更凶些。

在病中,杨舜俞为越娘写下一首诗:

香魂妖魄日相从,倚玉怜花意正浓。梦觉曲帏天又晓,雨晓云歌徒无踪。

他已经有很久没有见到越娘了。

杨舜俞想到,他和越娘之间是不公平的。只有她来找他,而他却永远不知道怎样能够找到她。即使在那些最思念的时刻,杨舜俞也只能默默祈祷她立刻出现,而越娘仿佛沉没一样的诀别,令他隐约觉得她再也不会回来了。

"我只要与你相见,"杨舜俞在越娘的墓前,拥着冰冷的碑,"越娘,来看看我。"

杨舜俞有些太依赖酒了。他希望醉后做一个有越娘的梦。索梦不得时,他干脆住在了墓园中。露宿三日后,他的头发乱了,脸上有些脏,每天他只是呼喊着越娘,而越娘始终不来。

越娘感到起初的爱渐渐平息下来,如今感受到的,竟是无边的恐惧。书生的爱仿佛泛滥的海水,突如其来将她没顶,她完全无力地挣扎着,时间越久,便越感到孤独。他甚至让她想起战争中遇到的那些男人们,沉醉于肉欲的欢快,借此忘掉死亡随时有可能出现的面孔。不是平安的年代吗?如书生说的"数圣相承,治平日久,封疆万里,天下一家"的年代,他为什么不好好地娶一房妻室,饥而食,渴而饮,倦而寝,养育子女,写诗念文,走动亲戚,交接官人?为什么要像现在这样,盼望白昼快些消逝而沉醉于夜晚,不爱那些鲜活的、脸蛋儿随着春秋日长而渐渐枯荣的人间少女而爱上冰雪一样的鬼女呢?

"你无权这么说,"书生说,"我爱的是你。你不能一边享受着我的爱情,同时又责怪我不该爱你。"

所以越娘只有一走了之了。无论书生怎样在她墓前恸哭,她都不再出现了。

但是书生喊来了道士。越娘浑身战栗了,她的双脚被枷住,双手被钉在枷板上,不知哪里来的几个鬼卒在用鞭子抽打着她,她的血一直流到脚面上。越娘号哭起来:"救救我,救救我啊!"

杨舜俞怔怔地看着披头散发的越娘,仿佛被兜头浇下冰雪一样。

这是他朝思暮想的人。他的一生,再也不会像在那一个月中一样,极尽力气缠绵了。

杨舜俞想弄清楚什么是爱情。这真是奇怪的感情,让他着魔而疯狂。这是他尝过的最烈的酒。他并未想到事情会变成这样。当他为越娘迁葬,打算为这个可怜的女人做点好事时,他没想到会这样。

他没想到自己会这样地爱上她。

此刻,当她为他忍受鞭打时,他的理智突然间全都回来了。"我在做什么呢?"他想。

当她的颦笑,她的哀愁,她的声音,在他面前渐渐生动起来时,当她流着泪告诉他前生的困境,又在他身下辗转求免时,杨舜俞并没有想到:她并未为他所占有。

她是可以和他没有关系的。她不可能同他永生永世联系在一起。

杨舜俞跪下来求道士不要再鞭打她了,就让她安静地回到寂灭的永恒,让他们回到没有相遇的时刻,在彼此的生命中彻底消失吧!

虽然永生不得相见,杨舜俞仍然思念越娘,非常非常思念她。

他曾经梦到她回来,并没有怨恨他,执着他的手对他说:"千万珍重。"

有时杨舜俞回忆他的梦境,并且反反复复地想:越娘应当也是很爱他的。他是不是她数百年来一直想要遇到的人呢?她会在幽冥之中念他一千年吗?这么想着的时候,他这一夜,又要无眠了。

（事出《青琐高议别集·越娘记》）

衡 阳 花

跟京师比起来，衡阳不过是个小地方，还好有万顷湘水。王幼玉喜欢看湖上的石濑浅浅，飞龙翩翩，也爱在洞庭木叶中任袅袅秋风吹透罗衣。她是王家三姐妹当中的一个。人们都说，整个衡阳的女孩子里面三姐妹最美，三姐妹当中，十五岁的王幼玉最美。她的假母携她们三人从京师来到衡阳，也无非是为了使她姐妹艳甲一方。衡阳人喜欢说：论才色，王家三姐妹并不输给东京、西京的名姬，可是她们只在衡阳侍奉这些本地土包子，真是可惜了。

就连郡侯，也是这么说。每次开宴招待远方来客，他都不忘喊她们三人前去侑酒，以此象征招待的最高规格，向客人们表明：像这样足以达到京师水平的歌姬，我们衡阳也是有的。客人们越盛赞三姐妹的声色，郡侯便越喜不自持。有一回，在座的文士还作了一首诗：

清风暗助秀，雨露濡其泠。一朝居上苑，桃李让芳馨。

当晚，她的姐姐陪了郡侯，她的小妹回家睡觉，她被安排陪那位远道而来的客人。这是她第一次待客——郡侯特地安排的，还令她的假母告诉她，她陪伴的是一位新点的六品寺丞，从京师过来的，因为中举的位次高而名满天下，一点也不辱没她。她晓得自己要设法令那位寺丞高兴，从小假母教她的那些清歌妙舞和迎来送往的技艺正好用于今夕。可是王幼玉不想做。寺丞看出了她的勉强，追问她为何不开心。幼玉是经不起追问的，她的眼泪簌簌地下来。

"我不想过这样的生活。"

那人听她说了这话，松开了握着她的手，正色问道："你想过什么样的生活呢？"

王幼玉任眼泪流淌了一阵子，才定了定神回答：

"你看那做商的吧，他每天都有得做，要进得货来，卖得货去；做工的，先要学工，学会了，领了活件，下力气去做；耕田的，事情更要多，牛、籽、肥、水，样样不简单，甚至那道士、和尚，也各有各的一份家计，一份口粮。而我们现在做的，算什么呢？涂脂抹粉，巧言令色，从大人那里骗几个钱来。不要说别人看不起……"

没想到她如此朴质。寺丞在心里暗暗叹了一声,毕竟还是衡阳本地风光,艳美有余,风情不足。

"我们自己,也自觉矮人三分。哪像好人家的女儿,嫁到别人家去,从最小的媳妇做起来,操持家务,生儿育女,渐渐地儿孙满堂,出门去被人喊婶娘、伯母,死了能埋在夫家的坟地里……"

在把她推倒之前,寺丞勉强干笑道:"你年纪虽小,想的事情还真不少呢。"

王幼玉没读过书,照着唱本认识了一些字。八岁到衡阳,到现在十八岁,学唱、学舞,凡是该会的她都会,只是不大会奉承。她晓得自己说话不好,便极少说话,落了个冰美人的绰号。文人说她"幽艳愁寂,寒芳未吐",还把这些字写给她看。她不大喜欢有钱的老头子,也不喜欢做官的大人,他们总让她觉得有些怕,尽管他们总是公开地表扬她。整个衡阳都知道王幼玉是一个不喜欢做妓的名姬,前几年不知深浅时她曾经说过的那些话,被文人润色了写成文章传颂人口,说她想要"死有埋骨之地",埋进夫家的坟地里,说她是迟早要从良的。人们猜测她会嫁一个怎样的人,那些除一时声色之外还期待得到长远的感情的男人们纷纷到她家里来见她。她待人越冷淡,他们便越有热情;她给他们吃闭门羹,他们出门便说她有良家妇女的风度。

王幼玉知道她怎么样任性都是有人爱的,因为她这样美。

柳富第一次到她家来,穿了一袭银灰色新袍,着意梳洗得十分干净,越发显出爽利的气质。幼玉在他对面坐下,只是睁了眼睛看他。这人身材像是个武人,谈笑文雅却没有酸朽气,举手投足都让她感到很亲切,捏起笔来就能作诗,写得漂亮的好字。幼玉破格亲手给他了一碗茶。她家的姐妹们都过来看,王幼玉对她们笑道:"摆了酒,这人是我要嫁的。"

头一次见面就被王幼玉许了嫁,柳富的名字很快在衡阳城里传开了。人们说王幼玉不知道怎么看上了一个三十几岁丧偶的男人,看来王幼玉眼光不过如此。还有人说柳富的确家境殷实,此人命硬,上面已无双亲,前房又早死,嫁到他家里,就能做上正头娘子,王幼玉算计得不错,这样一来,埋到柳家坟里是定了的了。还有认识他们俩的人,说正是天缘天对,那一种不合时宜的拗脾气,女的里面数王幼玉,男的里头,就数柳富了。

这一场恋爱也让假母担心了。王幼玉活到今天,脾气如此恶劣,全凭脸庞儿俊俏,歌唱出众,在人情纯朴的衡阳又恰好没遇上什么踢场子的千金恶少,真是侥幸又侥幸。如今搭上了柳大郎,把以前的客人通通不理了。还好这柳大郎还有几个钱,如果阻挡不了她从良,那么也只能想办法多要些钱了。

柳富坐定,看着这眼前的小娘子。鬓发如云,眸似秋江,年纪只得十七八岁。想起外界传说,她是一定要找个人嫁,埋到人家坟里的,柳富便又深看了她一眼。"此人果然没什么狭邪之气。"柳富暗暗地想。

当晚便定了情。他总听说王幼玉不好接近,如今竟然得来得如此容易。

恋爱中的日子,如翡翠之在云路,王幼玉虽然见过许多男人,爱上一个人还是第一次。一开始柳富每天都来,突然有一天,说好了来的,竟然失约,让她空等一夜。第三日又来,匆匆一面,还夜都没有度。幼玉想问他不来的道理,都还没有来得及问,他便走了。幼玉等了他三天,他不来;背了假母,请人下帖子请他,他还不来。又过了半个月了。

"你是个傻孩子。"假母说,"要是早听我说,不要那么早就许了他,让他想又吃不到,他现在正是情热时。"

"柳郎不是你想的那样。"王幼玉说,"他家里是姑太太管账,自己暂做不得主。他说了必定要娶的,他是真心待我的。"

"傻孩子!"假母说,"你巴巴地等着他来,他会不知道?我以为你成了老道,结果还是个缺心眼的孩子。这世上男人的感情都是朝三暮四的。你就等着柳郎来吧!他必不会来了。"

王幼玉不希望世界是假母眼中的那个世界。她想要她的世界:在她的世界里,柳郎同她说了娶她,就会好好地把她娶回去,让她坐在他们的房间里,让往来的亲戚喊她婶母、姑妈,把钱交到她手里,让她买衣服料子、油盐酱醋,她会生育子女,她的某一个儿子将来可能会考上进士,还说不定出将入相,让她做个封君。说书的都是这样说的。戏文里也是这样唱的。至于其中有小姑作祟,那也是戏本里常见的情节,她自然需要默默忍受,直到多年之后,她的儿子出人头地,这个世界方能认识到有她这样一位出身风尘的节烈女子。

然而柳郎真的不来了。

她是在江边跟柳富重逢的。柳富看到她在那里,便喊她过来入席。在座的不少知道他们那一段往事,不禁为这一幕喝彩。王幼玉接过酒盏,一饮而尽,又连饮三盏。人们安静了下来,个个竖起耳朵,睁大眼睛,等着看下面发生什么。

"我不幸有这样的身世,"王幼玉垂泪道,"自己也觉得抬不起头。只是这一生幸而跟你相识过,而你那一日曾经答应娶我。我活着,就是为了等你来。"

这番话颇为轰动,有人在侧撺掇不已,说衡阳谁人不知王幼玉,柳富福气不浅。在众人的注视中,王幼玉将头发散开,瀑布一样地垂在地上,剪下一绺儿,要给柳富做终身之信。柳富热泪盈眶,晓得了她待他是真心,不禁铺纸伸笔,写下一首诗为报:

……一缕云随金剪断,两心浓更密如绵。自古美事多磨隔,无时两意空悬悬……

他们复合的消息再次倾动了衡阳。到处有人传唱一首新词,是柳富写的《醉高楼》,其中"心下事,乱如丝。好天良夜还虚过,辜负我,两心知"一段,缠绵悱恻,哀感顽艳,唱的人往往为其感动而泪下。有过情伤的,或在恋爱当中的人,更是感同身受。幼玉剪发留情夫一事,在衡阳人口中,更是越传越香艳离奇。幼玉的门前再次车马腾喧,许多人只是为了听她亲口唱一曲《醉高楼》。王幼玉的名字甚至传到了外省,连京师都有人听说了。

"我只是一个普通的女子。"王幼玉对柳富说,"我一生的梦想是被埋进你家的坟地里。"

柳富回家翻账本时,姑太太给了他一本黄账,他这才知道,家里实在没有多少钱了。

"只有把这一船茶卖了,才会有钱。"姑太太说,"我晓得你急等着用这笔钱,可是家里拿不出。你已经很久不管家了,你的心是野的,风水自然败了。"

柳富想要借贷,把幼玉娶进来再出门还贷。又恐他不在家,幼玉受些磨折,还不如养在外头好。来日方长,两个人好歹有一辈子要过。他千叮万嘱,定了归期,方上船去。一路上山山水水,长亭短亭,皆秋风万里,萧然不欢。

生意没有想象中顺利,柳富数着日头,也在数着囊中的银两。他接到了幼玉的信,信中最后两句是:

春蚕到死丝方尽,蜡炬成灰泪始干。

柳富的眼泪滴下来，写一封信给她：

在这里的确有一些时候，我是应当感到欢乐的，譬如说文酒之会，踏青之游。在欢乐的人群当中，我像是一个异数。因为自从离开了你，我没有一天的欢乐。所有的欢乐都在你那边，离你越远，便是离生命中的欢乐越远。因为离开你的缘故，觉得人生都没有什么意思。读小说时，看到别人天外神姬，海中仙客，还会被风吹来了相聚，我们两个人本来在一起，却被风吹散开。看到你的信，我知道你的痛苦正和我是一样的，我写一首诗给你看：

春蚕到死丝方尽，蜡炬成灰泪始干。万里云山无路去，虚劳魂梦过湘滩。

柳富写完回信，便倚在壁间睡着了。他做了一个梦，梦见屏风间走出了一个摇曳生姿的美人，正是幼玉。幼玉握了他的手，对他说珍重，悲悲切切，让他千万回衡阳去。柳富醒来便大哭，对人说幼玉已经不在了。他星夜兼程地赶回去，终于连她的下葬都没赶上。柳富决定不顾姑太太的阻拦，把王幼玉葬到他家的坟地里去。他在两人共践过的江岸上采了兰芷，慰告她的芳魂。他昼夜伏在幼玉坟上悲泣，恨自己远走,早该知道她的薄命。他这一生,原本是不相信自己会这样地爱一个人的,他爱的人是这样的迷离短暂,虽然他们曾在浊世中相爱,他爱着的原就是万顷湘水中的一个山鬼。

(事出《青琐高议前集·王幼玉记》)

同州歌女

李姝这一生最好的日子,是在四王宫中的日子。那年她刚十四岁,时在同州刺史任上的四王爷爱她,像宠爱女儿一样地宠她,却又吃醋,不让她见其他男人。有他儿子出席的场合,他总让她回避。他们听说过宫中有这么一位年小的歌娘,却没有见过她的样子。她幼时家里面穷,过着辛酸的生活,父母都是贫薄的人,不把女儿当回事,一点钱就把她卖了,她对所谓爱的领略,是从四王爷开始的。就这样,李姝在四王身边一天天长大了。

她的身躯舒展,舞姿挺拔,眉目越长越分明,身体也完全发育了。她的态度沉稳,对四王宫中的人际了如指掌,已经完全脱去了小家碧玉的穷酸气。王宫中每夜"笙歌归院落,灯火下楼台",而她是众歌姬的翘楚。新进来的一班歌姬中有个细瘦生涩的,韶年稚齿,佳好无双,四王格外要她唱,被李姝看在眼里。李姝含酸罢饮,几天来四王叫她,她都托病。这一日车子来了,载她到龙州刺史张侯那里去。

李姝竟在张侯府上住了下来,回不去了。她问周围,才知道张侯问四王把她要了来,她现在的身体是归张侯所有的。这真是万想不到的事。这阵子李姝总是恍恍惚惚的,尽管以她平日的修养,在张侯面前的应对总还得体,歌舞也不会出什么岔子。她总觉得自己是暂居此地,四王回心转意时,便会让她回去的。她想打听四王的态度,却总托不着人。然而张侯却不肯等,几次三番上前调戏。有一次逼急了,她取佩刀自刭,被婢媵夺救才算是留了一条命。她这样让张侯很伤心。他夜半挺了刀过来,要用强力解决她,李姝跪下来,把头架在他的刀下,告诉他四王过去待她的情谊。"他不过是暂时托你照看一下我,如果这样的话,改日他问你要人时,你是要还他一颗人头么?"

张侯很惭愧,满头是汗。从此他再也不和她开玩笑了,总是离她远远的。她的贞洁得以保全,她所爱的人,一定会听到关于她的事吧?然而一天天过去了,四王那里毫无动静,黑夜那么长,白天又那么凄凉。她逐渐地明白四王可能不会让她回去了。渐渐地,张侯也会猜到这一点。他会猜出她是被四王遗弃了的。那个过去每天都会见到的人,她可能今生再也不能跟他见面。

　　她十四岁那年，一夜之间仿佛掉进了绮罗堆里，四王独从如云歌姬中发现了当初瘦骨伶仃的她，给她从未体会过的温柔和关注。她仔细想了又想，觉得除死之外别无办法。她终于还是死了，自缢之前她想："大概我的事情，总会因此被四王知道吧？"

　　死犹复见思，生当长弃捐。

（事出王山《笔奁录》）

你为什么不爱我?

鄂州有钱的吴家女儿,爱上了对门茶店的小伙计彭先,不知道怎么让他知道,就生病卧在床上。她的家人本来嫌她爱的那人贫贱,不肯议婚,看着她快死了,才赶紧找来那人,没想到被那人冷冷地拒绝了。吴家的女孩子于是死了。

那人的家庭已经为他找下了妻子。像这种贫寒的人家能够娶进门的,无非小家碧玉,长得也不美,但那人只认同他未曾见过的未婚妻,对吴女不仅没有爱,还因为她主动爱他而很鄙薄她。一个女人不应当爱跟她没有婚约的男人,或者,在结婚之前她心中根本不应当有爱情萌生出来,彭先大概是这样想的。这人不过是习俗的一个傀儡,然而吴女对他一往情深。

后来她被盗墓的樵夫发现没有死,劫掠到他的家里,变成了他布裳草履的老婆。她在艰难的处境下默默忍受,直到一些年后,他对她放松警惕时,她才要求他办船到她娘家去。跟富户认亲是竖子很乐意的事,他怎能想到他的老婆有别的心思呢?

谁也拦不住她径直向茶店奔去的脚步,在茶店的二楼,迎面碰见了他——对她来说这世界已经天翻地覆过好几次了,他却还在这里,跟六年前一模一样,搬运着茶店的瓶瓶罐罐,用他的脚日复一日丈量着茶店那逼仄的方寸之地。她在这里,跟他对面立着,不用任旁人主张她的命运,她必须抓紧时间向他全盘诉说,这是她唯一的机会。这些年的出生入死中,她每时每刻想着令她生生死死的那个人,想要看到他,亲口问他:"你为什么不爱我?"在他的震惊中,在他因为她无尽的爱感到恐惧时,她要告诉他为什么自己还活着,告诉他噩梦过去了,剩下的只是要"在一起"。她满怀希望地看着他,不料那人伸出大手掴在她的脸上:"死鬼!做什么大白天跑出来现形!"

她的眼泪奔涌出来。那人在她身后追赶,要把她赶跑,她在情急中坠下楼梯,当人们簇拥过来时,发现她已经死了——这次是真真正正地死了。

一种爱情,强大而深刻,当它产生时令心灵达到浑融的无我状态,因而始终与孤独相伴。倘若恰逢其人,自然可以死生契阔，否则便是悲剧的诞生。她的家人得信赶过来，抚尸恸哭，不明白他们亡殁多年的女儿何以在此地出现。将杀人者执送官府之后，彭先为自己辩解道，他以为出现的是吴女的鬼魂，实在料想不到她是生人。经过一番勘问，真相渐渐浮出水面，樵夫被判死刑，彭先得以从轻处理。这一段离奇的事故的确并非他有意的过失。他犯的罪在于不爱她，这罪行虽然足以杀人，却有哪一个法庭来为他定罪呢？因此这世界上有人欲诉无门，有人逍遥法外。纵使难忍一腔悲愤追凶到天涯，也无非落得：

淮南皓月冷千山，冥冥归去无人管。

（事出洪迈《夷坚志》）

玫瑰玫瑰我爱你

宁行者披着头发,好像是牢落不羁的江湖客。他被聘在宁居院写文书,方丈把一处院子拨给他住。此地村落寂寥,行人稀少,小院里白天空庭坦坦,夜里孤灯荦荦,冬去春来,无一事发生。

此时正是暮春之末,将近黄昏。宁行者听到窗外有人,启窗看去,竟是个女人。"此处的僧人或者有不老实的。"他暗想,"不知道她到这里是找谁来。"这样想着,他略感局促,隔着窗子,仔细向那女人脸上望去。夕光下看得见她长得白皙匀整,鹅蛋脸儿,顶着鱼枕冠,是个修道模样。宁行者一向住在乡下,也一向没怎么见过这般人物。正神痴之际,那女人看见了他,喜滋滋地隔窗说话:"师傅是新来的?我家离这里近,走不上百步就到寺里,常来这里耍,这里的人都熟极了,只是没有见过你。"

宁行者的脸儿微红了,他生平还没怎么和女人说过话,更没见过如此大方的女人。他走到院里,请她到屋里坐,她竟也不拒绝。她看了他抄的佛经,评了他写的文字,替他描了几笔字,又谈起村中院里的人物。满屋子都是她的声音。满屋子都是她的香气。宁行者掌上灯,突然想起不知道是谁说过,人生乐事无过于"灯下看美人"。

"行者,村店送来一瓮酒,说是你前几天订的,因为好酒难得,所以现在才送来。"

"放在门口吧。"宁行者清清嗓子,不安地说。

但是门已经"吱呀"开了。宁行者上前接酒,跟那个小头陀说了几句话,小头陀笑嘻嘻地站着,似乎并没有发现屋里有人。等他走了,宁行者看见那女人从他床下钻出来。

这坛酒来得好。喝完了几碗,宁行者不仅放松下来,而且有了胆气。他抓住她衣服的边角,凑到了她的身边,醉意醺然地问:"怎么你身上有泥土的气味?"

"衣服都放在箱子里的,刚拿出来,这天儿好几日没晴了,也不得晒,只好穿出来。"

但是他并没听清她答应的什么,大概是因为心跳得太快。宁行者第一次睡在一个女人身边,这是他人生的大经历,而又如此突然而离奇,他辗转一夜没睡好。思前想后,他想她应当是大户人家淫奔的姬妾，他很想问问她的生平。今晚是个晴日子，月色大好，照得枕上她的面容皎洁而妍美。她睡得熟极了，发出轻微的鼾声，宁行者试着唤醒她同他谈天，而她始终不醒。失眠的夜晚真是漫漫长夜，守着好睡的人的失眠，则更加漫长。直到天明，宁行者才睡着了一小会儿。

　　宁行者醒来时，看到方丈走进来，让他拿出抄写的经文。宁行者到橱里拿出一沓子。屋里没有她，他的身上仿佛还有她的泥土味，宁行者有些恍惚。看经文时，方丈抬头看他一眼："你为什么如此困倦？"未等他回答，方丈站起来环视周遭，指着壁间一枝玫瑰，脸色大变："这是赵通判家亡女墓前的玫瑰，凡是摘花的人，都会有见鬼的事情。你昨夜……"宁行者想起爱说爱笑的她，大喝大睡的她，他注目着壁间那朵玫瑰，鲜妍可爱，正如她的娇姿。

（事出洪迈《夷坚志》）

懒堂的少女

秦生读书的地方在城外湖畔的一处学堂，古木茂竹环绕四围，森森可爱。众生讲习经义的场地，却叫"懒堂"，大约因为此处荒僻，人迹罕至，只有这一班年轻的学生随意坐卧，昼夜问学吧。秦生终日只披一件旧袍，洒落不羁，他最爱湖边的行走，看木叶飒飒，数水面上的波纹。

有人揭帘子走入他独居的书室，他疑心是梦，急站起来，进来的是一位少女，令他有惝恍迷离之感。"容我驻足片刻，"那少女似乎刚刚悲泣过，"有事要跟君子讲。妾姓丘，父亲死于外方，与继母住在这附近不远处。继母凶暴，刚才又用刀吓我，我逃走出来，无处可去，跑到这里，也是天缘。你让我在这里住下，不走了吧？我甘愿服侍你。"秦生定神看她，她的模样如沾了露水的花枝。"不要着急。"他说，而后对她看了又看，"留下你，当然好，我求之不得。只是这里还有许多同学,提防他们看见。"

一连几日,秦生把她藏在屋中,然而少女的存在是瞒不住人的。有一日,他们正在相对写小词,听到了汹汹人声。"就在那屋里!不知道哪里跑来的娼妓!"在那群人涌入屋中之前,少女像一头鹿跑了出去。秦生感到自己是无力的,无论他如何对着人群喊叫,阻止他们,他们仍然四周乱窜,东搜西找。有人看到了桌案上两支尚在淋漓的笔,而写下的字句墨色尚鲜。"不要让她走脱了!"有人说看到空轿外垂着一只洁白的手。秦生只看到满院子的烛光一会儿移到东,一会儿移到西,像聚散的星火。有人说她跑出去了。秦生竭力跑在人群的最前面。他看到她的白衣,在夜里像是要被风吹倒了。他要挡住她,不让他们靠近。"扑通"一声,他看见她跳下湖去,在湖中搅起很大漩涡,再也没有漂上来。

秦生跪在湖边哭泣了半夜,才回到小屋。正当他对着孤灯,展看她亲笔写下的小词,心内酸痛得不知所以时,他听到了喘息的声音。她在门边出现了。她扶着门,身上水淋淋的,头发往下滴着水,嘴唇发紫,冻得打战。"还好水不太深。"她说。两个人抹干了泪,笑起来。秦生把她纳入温暖的被中,为她重燃炉灶烧热水,亲手为她洗头洗澡。这一夜他的眼泪滴到她脸上,然而他们一直都是眼对着眼笑着的。

秦生从学里回到屋中，他们对他说已经把她的原形照出来了，原来是一只白鳖。他们说朱法师拿住了她，正在锅里煮。秦生没办法阻止这些疯狂的人。他们把她从锅里捞出来，给他看她的龟壳和四只鳞爪。秦生又哭又号，旁人都说他中魔，还把狗血洒在他身上。很多年了秦生一直在为那只鳖灵伤痛。人们说自从瞒着他给他吃了鳖肉之后，他身体的病已经好了，但他不忘鳖灵，似傻如痴。

那首词是鳖灵写给他的：

绿净湖光，浅寒先到芙蓉岛。谢池幽梦属才郎，几度生春草。尘世多情易老，更那堪秋风袅袅。晚来羞对，香芷汀州，枯荷池沼。恨锁横波，远山浅黛无心扫。湘江人去欢无依，此意从谁表！喜趁良宵月皎，况难逢人间两好。莫辞沉醉，醉入屏山，只愁天晓。

(事出《夷坚志补》卷二十二)

风　波

秦观举起酒爵，放在唇边，沉吟不已。东坡指着他笑道："这人必定是说不出来。"

"这是……发生在宝应县的一桩真事。"秦观说。

"是高邮府的事情。"在座的人皆颔首道。

"说的是一户人家在请客人。"

"噢！是做寿还是婚宴？"参寥子问他。

"是……婚宴。"秦观说。

"来了五六十桌，吃了二十几坛酒，差不多都吃醉了。菜也都见了底，大家看看就该散了。也有人在朝外走。有些人，尤其是近邻和近些的亲眷，坐着不走，等着看下头的。有一个人，按说不该走的，因为他就是这家的亲大舅子，新嫁娘家第二个哥哥。可是他也朝外走，说是家里头来人喊他。"

"喊他家去做什么？"有人问。

"喊他家去……大概是……他家里的小老婆和大老婆打起来了,要他去劝和。"

在座的人轰然笑了。故事要这么讲才显得亲切,秦观想。每次宴会,苏东坡都要逼着人说鬼,说来说去的,把肚子里那点儿故事都掏干了,只好现编。这世上谁也没看过鬼,能见到鬼的人恐怕都被鬼带了去了,所以人们席上所谈的故事,假如不是他自己编的,那就是旁人编的。上回有个人急赤白脸地说他从来没见过也没听说过鬼,东坡把手搭在他肩上,哈哈笑着说,那也不妨说一说嘛!

"这人就走出了宅子。这家住的地方蹊跷,一出门就是运河。他想要回家,须得向左转,可这天,他偏不,只是一头向运河走过去。跟他的人急了,三步两步跟紧,说:员外,走错了。他不搭理,还接着走,那人只好跟着他。只见他站在运河边上怔了一会子,口里面念念叨叨不知道说什么。接下来更奇,他下了水。"

"下了水?"满座人惊诧地问。

"正是。他鞋也不脱,衣裳也没卷,直翘翘扑通通地踩进水里,还一个劲儿朝前走,眼看就要被水没了。小厮急了,赶紧从后头把他的衣裾死死地拽住,不让他往前走一步。又搡了他,把他从水里拽出来,连自己也弄得水淋淋的。回到了家,便沉沉地倒在床上,睡了。且是病了。第二日还病着,一连病了月余。"

"他究竟是怎么了?"人人皆想要得到谜底。

"后来病愈了,别人问他那晚看见了什么。他说,只看到一个俏丽的女娘撑了船来渡我,还说她的名字叫楚小波,就住在船上,只要上了船同她饮酒,夜深了便可留宿。那女娘不但貌美,还颇有诗才,因此那舅爷就动了心,一心想着赴高唐之会,什么家里的大老婆小老婆都丢在一旁,连命都顾不上要了。"

满座的人哈哈大笑,秦观也颔首微笑,把爵中的酒一饮而尽,呼人拿来楮管,把所谓"倡鬼"的诗写了出来:

长桥直下有兰舟,破月冲烟任意游。金玉满堂何所用,争如年少去来休。

(事出苏轼《东坡志林》)

心　愿

　　桂娥小腹上一阵滚热，还没睁开眼睛，她就知道：是幼儿又尿了。

　　她连忙起身，为幼儿换上干小衣，撤下湿了的小褥子，把他收拾好了，才去换自己的衣服。幼儿仅略睁了一下眼，喊了一声"妈"，便又沉沉睡去。桂娥觉得有几分好笑，都五岁了！按理说不该尿床了。明天早上，必定要用一根手指头刮他的脸皮，喊他"尿炕精"。

　　再次躺下去仍然禁不住把幼儿搂在怀里，他睡得沉沉的，在梦中还不忘伸出他的小胳膊，揽住她的脖子，把她再搂紧些。孩子好眠，桂娥可是睡不着了。她听着自己的丈夫那始终未绝的鼾声。他多次要求她把幼儿交给梅姐等女仆们，不要再搂他睡觉，她从来不听，逼得急了，她便搬出"李家姐姐"来，让她的丈夫哑口无言。梅姐和家里的其他妇人都再三慨叹:"幼儿恐怕永远想不到,你竟然不是他亲娘!"

桂娥第一次梦见"李家姐姐",是她嫁到刘家来的第二个晚上。就在那个她洞房花烛的喜庆的房间,有个女人坐在她床上哭,让她心里发急,可是又说不出话来。那女人哭了一阵,才抬起头来看她,她也看那女人:容长脸儿,丹凤眼,极长的眉毛,真是少见的美人胚子。女人对她说:"你好好的一个姑娘,何苦嫁到这家来?我看见你,就好像看见自投罗网的小鸟。你以后的日子不会好过的,你嫁的这家的汉子,他不懂心疼人,专会摔脸子、骂人,在外头还有一个叫喜娘的相好,三天两头不回家。"她问:"你是谁?"那女人不答,依旧在那里哭,她急醒了,才发现是一个梦。当初媒人说得好听,这家家境殷实,主母去世,留下一个吃奶的孩子,虽是继室,进来就能做主,骗得她父母同意了,却没问清楚这男人的品行到底如何。桂娥从梅姐的屋里看到供养的一帧小像,是前主母的遗容,果然如她所想,是她梦中的那个女人,她姓李。她出现在她的梦里,是想做什么呢?

"男人都是这样的,只顾自己快活,顾不上管你,也不管孩子。"多次梦中,李家姐姐对桂娥絮絮叨叨的,"我生孩子那天夜里,痛得急了,也寻不到他,他又跑出去寻花问柳。唉,想起这些,我虽然是死的,都想要再死一次了。只是可怜我那小幼儿，他有什么错？永远不得见亲娘的面了！"

桂娥心软，听到这些便泪水潸然。白天，想到自己将来的命运，桂娥不禁心如刀割。对新婚的丈夫，她心中满是憎怨，一点也不想去亲近。她的丈夫待她好时，她便在心中冷冷地想："这都是假的。不过只是如夏日里的纨扇，一到秋天就被弃捐于箧笥了。"她的丈夫稍有辞色，她便流下泪来，在心里默默地想："他果然是个混蛋。"

桂娥的日子，便如雾锁重城一般，在绝望和灰暗中度过了。她丈夫对她很不满意，觉得续娶的这个女人完全不像媒人所说，是个和善的好姑娘，又勤劳能干，进门来就能撑起一片天的。生气起来，他终于对她说出了她再这样，他只好出去耍，外面女人多得是，何必在家里受气。桂娥觉得满身是嘴也讲不清道理了，只好心一横，狠狠地撞到男人身上，大哭大闹起来。这一天她的脸上挨了丈夫两个嘴巴，她丈夫跑到外面去了，到了夜里也没有回来。

"我知道你心里满是委屈。"桂娥把这几个字写在纸上，眼泪也滴在纸上，"活的时候忍受痛苦，导致年纪轻轻就过世了，我想到你，便觉得心酸。你这样花容月貌的一个人，没能遇到一个好男人好好地关心你。我自己只是一个很普通的女孩，论才华比不上你的十分之一。我嫁到这家来，也是听了两家父母的安排,自己做不得主的。以前我也不认得他。但既然来了,就想要好好生活下去,要不然,还去死不成?你有什么心愿,我能做到的,一定为你做到,也是为自己做到。姐姐,求你怜悯我一些,我只有十七岁,许多事还不大懂。"桂娥写完,擦了泪,把信放在灯上烧了。

李家姐姐坐在床边看着她。桂娥心里明白,只是说不出话来,她的眼睛看着李家姐姐,想要伸出手去拉住她的手。李家姐姐叹息一声,便隐没了。

在李家姐姐离去的地方——她的床边,放着一件很小的衣服。那是幼儿的衣服,上面还有李氏未完的针线。桂娥顿时明白了,她含着泪,找到梅姐的屋里,把小幼儿抱了出来,把她的脸儿贴到幼儿的小脸儿上,对他喃喃地说:"可怜的,从今往后,我便是你的亲妈了,但愿你长大了做一个好人,疼惜看顾你的妈、乳母和祖母,还有这世上的一切女人吧!"

从此后,她再也没有在她的梦中出现过。

(事出沈括《清夜录·梦妻抚儿》)

风 流 局

他摘下一枝碧桃，簪在她鬓边上，顺便轻抚了一下她小巧的、戴着一颗珍珠的耳朵。"数你最让我喜欢了。"他说，"这两年我李宣德在汴京认识的姑娘也有一些，哪个有你好？论容貌，天仙也易得，难得的是跟我对脾气。"

那个叫真真的姑娘，有二十三四岁，早就是这里知名的行首了，见过的王孙公子何止百千。但在李宣德面前，她还真的有些迷离。她自觉同他认识的时日虽浅，情却积得浓了，正如他所说，两人可能有前生的夙缘：不管她说什么，李宣德都觉得她见解高；不论她爱什么，恰好也是他所爱的。更不用说他脸庞俊俏，身姿威武，又正在妙年，由不得她不爱。他和她，正可谓一对璧人儿也！

"你随我家去吧，就这么别了汴京，我们俩做个终老之计。我还没有家室，就娶你做正头老婆，只要你允我日后纳几个妾。我也不想别的，我俩就这么终日里玩玩牌，春来游园，秋来到庄上走走，相伴到老，不很好吗？"

真娘觉得整个人像是掉到云彩里了。她顾不上矜持，连说几个"很好"。她催促大姐儿收拾行装，又跟老母算了账，她的钱早就赚够了，身子也是自己的，只要给老母些钱，她嫁谁还不是自己说了算？珍珠金帛、玉环猫眼、圆的扁的，装了一箱子，四季衣服、锦绣铺盖，又装了几箱子，雇了船，选定了跟的人，看了日子，说走便走。

出了汴京不过几里地，看着该歇晌午了。舟系在岸边，李宣德让她下来吃饭。他劝她酒："路上寂寞，喝了这杯，我们上船去好好睡。"一杯两杯，三杯四杯。真娘渐觉不胜酒力了。她去僻静处小解，又扶着大姐回来，酒店里却看不见李宣德，想必也去小解了吧。她又等了片刻，还是不见他。她让大姐扶着她出去找找，一出门，却看见他已经解了缆，船已经离了岸。

"哎！李宣德！你干什么去？你这个狠心短寿的骗子！你骗钱！骗钱又骗人！你回来！我要报官，我要报官！让你不得好报，让你全家死绝！"

真娘在岸上一头哭一头骂，越骂越凶，可是李宣德的船儿离岸越来越远，连她的骂声都听不到了。

被骗去了半生积蓄，真娘悻悻然地回到汴京，不得不重操旧业。姐妹们同情她的少，笑话她的人多，"鸨儿爱钞，姐儿爱俏"，遇见个清俊的男人，竟然就做起偕老的春梦。真娘满心的恨。"总有一天，"她想，"总有一天，让我再遇到他，我不把他肠子掏出来看看，看看有多么黑！"

这一天终于到了，真娘竟然在大街上把他抓个正着，而且报了官。"你认得我么？"李宣德说。"怎么不认得？你叫李宣德，是那个三年前骗了我的人，你烧成了灰我都认得你！"真娘脆生生地说。

"可是我不叫李宣德，我是右班殿直康倬。"

他果然不是李宣德。他叫康倬。太守认得他，他的确叫康倬。这个色诱她、骗她钱的男子，他原来是名将之子康倬，一直骗她说他叫李宣德。眼看着太守要放了他了，真娘的恨，真能着起火焰来，到如今她才知道是那句话了——

我待你是金和玉，你待我好一似土和泥。

（事出王明清《挥麈录·余话》）

龙　女

　　朱景文想要把她永远地留住，留在他的身边，留在他的臂间，他的呼吸间，他的唇齿间。她漆黑的头发如云一般覆盖了他的半边身体。她伏在他右臂和大腿中间的缝隙里，闪闪发亮像一条鱼。

　　"你还记得从前的日子吗？你是南海广利王最小的那一个儿子。"

　　她说从前他们俩曾一同在水波浩渺间出游，随波俯仰。他们看得见最美的晨曦和江汉最深处的美景。他们曾心无杂念，一同修炼七七四十九年。他们也曾携手红尘，怀着好奇，共看那些庸夫俗妇买米炊饭过日子。

　　"为什么你不能留下来？"朱景文怀着痛苦，把那鱼一样的前世妻子搂在怀中。

　　现在是乾道六年了。他在豫章新建尉任上。他是一个普通的小官，只是在一个偶然的时刻，瞥见了吴城龙王庙壁间的龙女。"要按照这个样子塑龙女像啊！"他兴致勃勃地对塑工说。这对于塑工的确是不小的挑战，但是经历了几次推翻重修，明丽艳冶的龙女便出现在他们面前。她太生动美丽，朱景文凝视着她的面庞，感到似曾相识又心如刀割。当晚龙女进入到他的梦里，告诉他两人前世的故事。

"为什么你永远是龙女，在龙王庙中接受世人的膜拜，我却不能继续做龙子，一定要堕落到这尘世间呢？"

朱景文知道留不住她，愤愤然地说。

从讲不清朝代的那个日子到如今的乾道六年，不知道几世几劫过去了。他俩做了许多年夫妻，如今却沦落到梦里相会。"不要走。"朱景文再三地对龙女说，"留下来，为了我。我不知道为什么要在这里做这样的事，你我不是曾经潇洒出尘，浮游万里吗？如今我沉浮功名，百病侵寻，更可怕的是，将来不知道你我还能相会否。"

"一切皆前定。"龙女说，"你将长期在豫章做官，到最后死于南海。"

朱景文不禁流下清泪。这一夜要了却百年相思，却仅此一夜，不会再有了。"不要走。"他再三说着，再三吻着龙女那冰冷又芬芳的嘴唇，握紧她弓弯的纤足。

然而天终于亮了。枕席间只留下她的香气。他的臂弯空了，他的心也空下来。他大喊一声，病了整整五十日。他知道自己不会死，那死的日子，他应该身在南海。可是南海很远，在大宋帝国，只有流放的人才会到那里。他这样一位恪守职责的小官，何年何月会到那里呢？

朋友们说他病得重了。家里人说他快要病死了。他却终于活转来。其后很多年他怀着不确定的相思活着。那与他有着一夜缠绵、告诉了他前世的龙女，她并没有告诉他，他们是否还会有来世。也许是没有了。在那些携手看鱼的日子里，他是否想到自己有一天会彻底沉沦于红尘间，永失所爱？他回到了故乡分宜。有一天闲步出门，他看见了一座题为"南海王庙"的庙宇。谁也不知道朱景文为什么从此一病不起。而那一去杳然的龙女，或许正——

有时闲把兰舟放，雾鬓风鬟乘翠浪。夜深满载月明归，画破琉璃千万丈。

（事出《异闻总录》）

错　配

　　彭素芳爱隔壁的陆二郎，是瞒不过她身边的傅姆的。傅姆从她六岁就过来照顾她，每时每刻不离左右。傅姆说："你又在偷看他了。"素芳甩下帘子，走到帐子里去。傅姆却走到窗边，自己掀起帘子看了起来。"啧啧，"傅姆说，"还真是俊俏，就连戏台上的小生，也少有这样齐整的。"

　　她的亲事定下来了，是致仕的杨太守家的公子。傅姆喜悠悠地跑来告诉她。傅姆说，这位是宦家公子，比陆二郎家世好上千万倍。"那么这位杨公子长得好吗？"素芳问。傅姆说应该不错，老爷从小把她宠上了天，多少好人来求亲都因为听说长得不好看被挡了回去，怎么可能给她一个丑的？要是她不信，公子的乳母就是她亲妹，让公子到后街走一下，让她看看就是。

　　素芳只看了一眼，就回来哭了。傅姆好说歹说，把她又拉到窗口，指着公子问她哪里不好，这高大的身材就够好看了，面貌虽然说不上俊，可也绝不丑啊！素芳哭泣着说："一点也不像彭二郎……"

素芳到此时才知道自己有那么爱彭二郎，就好像她喜欢的一颗珠子，本来就是喜欢而已，等到傅姆把它送了人，她突然觉得那颗珠子是她生平最好的一颗，她再也得不到那么好的一颗珠子了。她哭了三天，要傅姆把它要回来。

素芳要傅姆把彭二郎给她。

连老爷都发了愁。老爷爱素芳，从小到大，只要素芳有一点不高兴摆在脸上，他便恨不得拿天下的好东西都摆在她面前。现在，素芳只要彭二郎。

"来，我同你说，"傅姆把彭二郎喊了进来，老爷亲口同他说，"我赠你些妆奁，够你当本儿做生意了，你带着素芳走，可好？"

一切看着就要成了，素芳的心噗噗地跳。伏在墙下等候彭二郎的感觉，真是从来未有的。"这是做贼？"她想笑。"逃到远方去！"她想。那远方势必有许多奇幻的岁月和相异的山河，有许多新奇的人物和古怪的风俗。素芳想到彭二郎，明天他们将睡在一起，彭二郎。

"河口不远，快走快走！"

"彭二郎"在前面引着她们,三个人一哄地走着。他跳到船上,天还完全是黑的。素芳和傅姆坐在船舱中。风起了,河水哗哗地响。啊,远方!

"你不是彭二郎?"素芳完全没想到带她上船的是另一个人。"彭二郎在哪里?"

她怎么知道彭二郎在床上辗转一夜,听了一夜他父亲的教训,把素芳看作淫奔之女呢?她怎么知道那牧牛的张福原不过是路过,被她们扯住了一迭声地要去河口,便也就去了河口呢?在早晨的微光中,素芳看着张福的面庞儿,是的,这不是彭二郎,他长得一点也不像彭二郎。

那糊涂的傅姆,也只得用这两句劝慰她:"万事不由人计较,一生都是命安排。"

(事出罗浮散客《贪欣误》)

船上的日子

读书的日子里,沈韶喜欢一句话:"道不行,乘桴浮于海。"那些乡愿的绅士每天在谈进学、大比和外放,他对此全无兴趣。他因写诗被称作"当世萨天锡",字则有边伯京的风味,人人都说他是沈家千里驹。而从他的父兄的人生经历,他感到入仕是苦闷之端,按着圣人的训示,他造了一艘船,在他二十四岁生日这天,开始破浪远游。

沿着长江缓缓西行,他到了襄阳、汉口。这一日,又飘零到九江,在匡庐山侧,彭蠡泽畔,兴起"淮海途半,星霜岁穷"之思,他决定在九江延驻几日。是夜,秋雨新霁,水天一色。沈韶和两位友人同行至琵琶亭,徘徊江边,忽然听到月下的清越歌声。"你听到了么?"他们彼此询问。"好一个解风情的商妇!"梁生嘻嘻笑道。"果然是轻拢慢拈,如泣如诉。"陈生叹道。沈韶曰:"我们静下来细听一会儿。"

那歌声良久方散。

沈韶第二日仍去旧处追寻,却只看到渺漫平湖。正当他打算回船,却看见远处的一簇小灯由远及近,迤逦而来。一个侍儿把手中所执的黄金吊炉放在亭心,另一个则铺展紫罗绣褥,让她们身后的宫妆美人坐在上头。沈韶恍惚出拜,美人唤他近前来坐。

"妾是伪汉陈主婕好郑婉娥,这两个是我的侍儿钿蝉、金雁。我死的时候仅二十岁,君王宠深,厚加殓葬,殡于亭畔。昨夜你的朋友唐突,认我作浮梁商妇,所以败兴而归。今夜同你对坐,方觉如此良宵。"

在彭蠡泽发生这样的事,沈韶并不惊怪。自他决定造船漂流那一日,他便已经绽放异样的生命,逸出了尘世间沧桑纠葛。

"那么昨日的歌声……"

"昨天浩歌而返,唱的是一阕《念奴娇》:'梅瓣凝妆,杨花飞雪,回首成终古。'当年宫中设宴,让我辈竞簪奇花,主上亲放一蝶,蝶飞到哪朵花上头,当晚就幸那人,这原是唐明皇宫中的规矩,我主读《天宝遗事》而效仿之,这都多少年了……"

婕好与沈韶牵手而行,当晚便极缱绻。沈韶辞了附船的诸生，同那前朝皇帝的婕妤住在极秘密的所在。在这里住了四年，他确信他们不是在人间，但也不是在地下；不是在此时，但也并非在过去。他想他们是在自己的时间里，在这样的时间中，他饮的是紫玉杯中的酒，看的是百年前的花。他与她携手而行，偎着她的香肩听她浩歌，在彭蠡湖的万顷波涛上。并且他们的彭蠡湖，也异于别人的，当他凝视湖水时，总觉得湖中有百年前人物的倒影。她温软香弱的身体实在地在他身边，既然这是"太阴炼形术"的力量，那么她的身体当是宇宙间最悠长的存在，当与天地同毁。四年来，他从未想过这样的日子有完结的一天，也没想过有一天他会同她分开。

但是分离的日子到了。在家中醒来时，他怀着她给的金跳脱、明珠步摇。他们问他这些年去哪里了。他不言，只是在他的长句里写道：

情缘忽断两分飞，归来如梦还如痴。……当初若悟有分离，此生何用逢倾国。

（事出李昌祺《剪灯余话》）

比 翼 鸟

月色明明地照着。潘章听见王仲先翻了个身,想着他大概也是睡不着的意思。果然,听到他低低地问:"潘兄睡着了么?"

"没有。我还在想日里先生讲的《中庸》。"潘章漫应道。

"小弟也在想《中庸》。你说,'夫妇也,朋友之交也',是一个意思,还是两个意思?"

"夫妇是夫妇,朋友是朋友,当然是两个意思。"潘章道。

"要是夫妇箴规相劝,就是朋友一般;而朋友之间,如果胶漆相投,那就如夫妇了。"

潘章想不到王仲先说出这样的话,一时间不知道怎样去回他。他知道王仲先家在长沙府湘潭县,不知道那里是否如他自己的家乡晋陵有好小官的风气,但楚地有那么哀感顽艳的辞章,想必也是多情之地吧。《丽情集》云:"淇水上宫,不知有几。分桃断袖，亦复云多。"可见那些古人，好妇人的虽多，也有不少好男风的。潘章不禁把脸一沉，说："真是邪说，请不要再说这些话了。"

潘章隐约觉得王仲先对自己有超出同窗之谊的感情，这从他眼睛中可以看出。他虽然比自己大三岁，也才十九；虽然没有自己那样标致，也已经算是风流倜傥了。有时候潘章觉得苦恼，有心要同仲先疏远一点，但那样一种眉梢眼底的深情，常令他怦然心动，觉得在这里念的《大学》《中庸》比在家时有趣了。他其实是很难对仲先皱起眉头来的。

深秋夜间，衾枕生凉。仲先钻到他的被中来。

"哥哥，我和你是道义之交，如何要动邪念？"

仲先两手紧紧搂住他，喘息着说："你读书多了，一团腐气。道义圣贤，有什么要紧？人生在世，最销魂的是一片情。花柳薄情，就是夫妇之间，也但有恩义，而不可言情。兄弟岂不知道：情之所钟，正在我辈？"

潘章几乎流下泪来。他不能确定他自己是爱仲先的，还是有些恨他。现在一切都已经跟过去不同了。仲先捧起他的脸，说他不会再娶妻子，也永远不会辜负他。潘章不知道自己是不是爱仲先。他朦胧地想着：自己当时拒绝娶妻，执意到这里求学，难道是为了遇见仲先？

"功名富贵,总是浮云,且又渺茫。"潘章把身体蜷在仲先怀中,听他低低地说,"我听说永嘉山水绝妙,罗浮山是个神仙世界,我们到那里住着,有一天这个世界容不下我们,我们就死,把骨头埋在一起。"潘章啜泣起来,他想象两个人同生同死的情形,在他们的墓穴上会生出连理树吗?树上会栖着比翼鸟吗?那比翼鸟口中的唱词,他似乎听见了:

比翼鸟,各有妻,有妻不相识,墓旁青草徒离离;
比翼鸟,各有家,有家不复返,墓旁青草空年华。

(事出《石点头·潘文子契合鸳鸯冢》)

火 炉 店

"我说'衙内',你说'念儿',我和你两个跳上马便走。"

白赤交来到泰安城外的火炉店时,想起郭念儿的这句话,觉得心尖儿一跳。他是个在某一方面经历丰富的男人,然而这一次历险仍令他如痴如狂。他年轻时候是无聊恶少,在妓院里上足了情感的课程,自以为了解透女人的心,然而像郭念儿这样的女人他还是第一次经历。从她口中说出的那些温柔的话,不是谎言,不是要他用钱去买的;她脸上的那些娇羞的红晕,做是做不出来的。她是真心觉得他生得好看,觉得他浑身上下无一处不让她喜欢。她是每天坐卧不宁等着他来的。

像郭念儿这样傻呵呵的良家妇女,不是等闲能碰到的。他听见她说那句话时,知道她是真的爱上他了。他不禁神痴地想,她之所以那么快就接受了他的挑逗,趁孙孔目不在家时放他进来——要知道当时他们还不曾通名姓,他对她来说几乎是个陌生人,一定是因为第一眼就喜欢他。原来被一个女人狂热地爱着是一件这么让人心尖儿乱跳的事情。

"我有两句儿唱,你则听着:我便道'眉儿镇常圪圾',你便唱'夫妻每醉了还依旧'。我和你两个跳上马便走。"

很多女人喜欢俊男人,堂子里的姑娘虽说服侍不少有钱的金主,要论真心爱,莫不喜欢小殷勤会伺候的。白赤交痴痴地想,世间偏就有郭念儿这样的,喜欢的是他这样的浪子衙内。他也曾经以势相逼,抢了民间的丫头老婆,可人家心里不乐意,总让他觉得怅然。郭念儿见了他就从心里乐出花来,不见他时,"眉儿镇常圪圾",他怎能不带她走呢?他要带她走!

"你先到那里,你便等我;我先到那里,我便等你。若见了你呵,跳上马,牙不约儿赤便走。"

白赤交已经到了火炉店了。她说她的老公孙孔目带她去泰山神州烧香,他们路上逃走,她老公不会猜到他们跑到哪里去。他不晓得她住哪一间客房,他只是等在外面。一排小房子,每一间都透出灯光来。一个店小二在不远处淘米。此刻正是天擦黑时候。白赤交驻马听着,脸上一阵红一阵白,悲喜交集,他的一身白衣分外扎眼。

那个穿绿衣的孔目和那个脸乌黑的汉子，把女人寄顿在这里，他们两个到泰安神州寻个家头房子占着，说要回来接大嫂一起去烧香。我看这个大嫂，年纪十分小，跟那个绿衣的孔目不是对头。那个绿衣的孔目，看着也有三十来岁了，这个年纪小的大嫂，却花枝一般的只有二十来岁。我一眼就看出那个大嫂有些古怪。像我这样的人，在这临路的店里当差也有二十年，形形色色的人和奇奇怪怪的事，见得实在不少。那大嫂打扮得也不是多妖娆，可是透着的风流，那不是言辞儿能形容得出的。那大嫂看着是一种有心事的样子，抿着嘴儿不大说话，那一种娇俏，也不是我这做粗活计的人能说得出来的。那绿衣的孔目说去占房子，那大嫂牵着他的衣裳不放，"你可早些儿来，我可害怕"，"孔目，你则早些儿回来"，"孔目，你是必早些儿来，休着我忧心也"，连连地说了三遍，眼睛里还汪着泪。这可就古怪极了。

那绿衣的孔目和那黑脸的汉子，他们两个不过是到前面占房子。我这里离泰安神州，近得可不能再近了，去泰安烧香的，哪个不在我这里歇着？从我这里，五更里走，辰时便能走到烧香的东岳庙。他们占房子，就算跟人理论房钱有半个时辰的耽搁，一来一回，也不过就是两三个时辰的脚程。我看那大嫂垂泪，那绿衣的孔目十分不舍得，想是爱极她了。

绿衣的孔目再三和她说去去就来。哎呀，你是不知道哩，我看你回来也未必见得到大嫂了。

　　自从我看到了那古怪的白衣汉子，一直留神看着他，一面淘米一面留神，一面洗菜蔬一面留神，一面走着也留神看着他，害得我撞到了柱脚。我这小店里，还从来没进来过这样一位奢遮的老爷。打他一进来，不光我看见了，我们这里人人都看见了。他的脸上又是喜又是醉，那一种有心事的样子，他才留神不到我哩。一日里瞧见两个有心事的人，我看他们俩必然有事，要没有，就让我瞎了这眼。其实，这白衣骑马的年轻汉子和那大嫂倒是一对，年纪上相仿，长得也般配，可这世上的事情不是这样说。既做了孔目家的大嫂，那就是孔目家的人，要是人人的浑家都有这样动不完的春心，这世界也就不成个世界了。我看那孔目虽然老实，跟他的那个黑脸的汉子可不是好惹的。他俩单知道快活在眼前，我看这局面却十分凶险。这二十年来，从"奸淫"二字上生出的官司，我看见过多少！

　　住在头一间房子里的大嫂，平白地要唱，唱什么"眉儿镇常圪皱"。外面马上的白衣汉子，也跟着唱了一声"夫妻每醉了还依旧"。一个说"念儿"，一个道"衙内"，无三念，无两念，只一念，他俩就跳上马走了！那绿衣的孔目，必是十分爱他的浑家,平日里待她十分好,单看她临别时候垂泪,就猜得出来是怎么回事。可这全然无用,这大嫂淫念一起,火焰山也挡不住哩!我且坐在这里,一会儿孔目回来找浑家,我把这古怪的事情告诉他。

火炉店的小二和孙孔目家的大嫂,只认得他叫王重义,他其实是梁山泊上鼎鼎大名的好汉李逵李山儿。孙孔目看着老实,又在官府里当差,竟然也做起结交匪类的勾当。其实,在这离梁山泊至近的地方,这是风气使然。不然你看《水浒传》,怎么有那么多好汉出自公门?

李逵是一百零八好汉里面,第一讨厌女人的。李逵也是好汉里头,第一热爱兄弟的。为着宋江哥哥的缘故,他要照看着孙孔目;为着孙孔目的缘故,他要喊郭念儿一声"嫂嫂"。郭念儿的那个样子,真让他看不上。她的脑筋里转的什么念头,他想也想不出。

这世上竟然有女人这样物体,女人中间,竟然又有郭念儿这样物体,真让李逵气闷。她说话不好好说,偏要咿咿呀呀,看人不好好看,非得丢眉弄眼。这样的女人,一会儿看不见,就在火炉店里让人拐跑了。店小二和孔目哥哥说了半天,什么骑马的白衣服人,什么两个唱了起来,说完以后,孔目哥哥就失心疯了一般。在李逵看来,简直不晓得他们搬弄些什么,他只是知道,把这两个跑了的人从什么地方捉出来,得让他动手。

"贼子滥如猫,烟花淫似狗!"李逵怒狠狠地骂道。男女间那些事情,他在乡下看畜生交配,也大体知道是怎么回事了。如此鄙贱的事,自然只有鄙贱的人才乐意去做,李逵一碰见奸夫淫妇,就气得要跳。喝一声江海沸,撼一撼山岳崩,李逵这脾气,不是好惹的。

找到衙内家时,李逵站在窗下听了一听。他听到女人的声音了,怕不是郭念儿,特地舔破了窗纸,往里看了一看。怎么不是郭念儿?只是脱得赤条条一丝儿也不剩。李逵脸上腾地红了,怒气从脚底直冲到头。这两个泼子弟在那里摆脑摇头,一来一往,李逵捏住了刀柄,静悄悄走进去。这个样子杀死怕看相不好,可他只要那两个的头就行了。

两颗头都带了出来,把头发扎在一起拎在手里。李逵举起来端详了一下,看到一颗头是郭念儿的,长得跟生时没什么不同,只是她眉儿圪皱,死时候怕是有些疼。

(事出高文秀《黑旋风双献功》)

千娇与腊梅

　　李千娇开了一扇卧房门，亲手拨过一条香桌，摆在后花园太湖石边亭子里头，点上明灯蜡烛，对着月亮拜了几拜。一面燃香，一面口中念念有词：

　　"李千娇头一炷香愿天下太平，第二炷香愿通判相公与一双儿女身体安康，第三炷香……"

　　李千娇抬头望了一眼月亮，又大又圆，清光透宇宙，她的眼泪涌上来了，想了半晌，她说：

　　"第三炷香愿天下好男子休遭罗网之灾。"

　　烧过香后，李千娇回到卧房，关上门歇息。一夜无话。第二日她起床时，小丫头红儿竟然还没醒，她生气敲扑了几下，红儿哀哀地哭了。这天通判忙公事，一天没有同她见面，到晚又是王腊梅服侍。一年无话。

烧过香后,李千娇回到卧房,关上门歇息。她躺在冰簟床上,想事情辗转反侧,一直睡不着。突然间听到门外有脚步儿响,鞋底擦着地,分明是男人的声音。李千娇腾地坐起来,走到门边:

"你不守着那小妮子,这大半夜的,到我房里来做什么?"

说完,李千娇听听没动静,很怕那脚步声移走,赶紧打开门,把门外那人放了进来。当她看到闯进来的那人时,不禁大吃一惊,那并非她的相公。那人冲上来用手捂住了她的嘴,让她说不出话。

"娘子休惊,莫怕,我不是歹人。我是来同你做伴的。"

李千娇一双眼睛盯在那人脸上,端正是少年郎好相貌,威风凛凛一表人才。

"我不是歹人,我是宋江手下第十三个头领,弓手花荣,下山来接应弟兄,到这济州城外酒店里,多饮了几杯酒,入得城来,被捕盗官军看见,赶得我至急,这才扳的一枝苦墙柳树,跳进姐姐的后花园中,听见姐姐烧香,口中念着'愿天下好男子休遭罗网之灾',这才现身来相会的。我是逃灾避难的人,你说这等吉利的话,我在月色下看稳,姐姐端的好容貌呀!"

李千娇在花荣有力的臂弯里挣扎了一番说:"你既是英雄好汉,可知我是好人家女,好人家妇……"

花荣却说:"姐姐青春玉貌,无人做伴,花荣今年二十四岁了,上梁山前一家老小死在城下,也正孤苦伶仃哩。姐姐如不嫌弃,我甘愿来同姐姐做伴,一同上梁山去。说什么好人家女,好人家妇,可知道夫逼妇反,把这赵通判和他的小老婆王腊梅全丢弃了,任他们养小老婆的养小老婆,偷汉的偷汉,我和你一同上梁山去,我打家劫舍,你守着寨子,做个一夫一妻白头到老。"

他则替她把纽扣儿松,衣带儿宽,露出她白生生的胸脯,汗津津的玉颈,还有下面水淋淋的不知道什么东西。她闭上了眼睛,任他驱入,听到花荣赞一声:"姐姐真是知情知意的妙人啊。"这时候一阵雀儿叫,把李千娇从梦中唤醒,她才知道是黄粱一梦。

烧过香后,李千娇回到卧房,关上门歇息。她躺在冰簟床上,想事情辗转反侧,一直睡不着。突然间听到门外有脚步儿响,鞋底擦着地,分明是男人的声音。李千娇腾地坐起来,走到门边:

"你不守着那小妮子,这大半夜的,到我房里来做什么?"

说完,李千娇听听没动静,很怕那脚步声移走,赶紧打开门,把门外那人放了进来。当她看到闯进来的那人时,不禁大吃一惊:那不是她的相公,却是一个好相貌的少年郎。她吓得直抖:"壮士要的金珠财宝,你都拿去,留着我的性命。"

"娘子休惊,莫怕,我不是歹人。"

"你既然不是歹人,你把你的姓名告诉我。"

"我是宋江手下第十三个头领,弓手花荣。"

原来是梁山泊打家劫舍的贼。这半夜里闯进年轻女子的卧房,是想要做什么呢?

"我听见娘子出来烧香,头里两炷香都不打紧,第三炷香愿普天下好男休遭罗网之灾。兄弟我逃灾躲难,听见娘子说这等吉利之语,我就要上梁山告与宋江哥哥知道,争奈不知娘子姓字。求娘子通一个姓名。"

李千娇这才放下心来:"妾身李千娇。敢问壮士多大年纪?"

花荣道:"小可今年二十四岁。"

"不是我要便宜,我长着你两岁,我有心认义你做个兄弟，不知你意下如何？"

"休说做兄弟，便笼驴把马，愿随鞭镫。"

"兄弟，你牢记着：妾身是李千娇，夫主是济州通判赵士谦，一双儿女是金郎玉姐。还有俺相公的小夫人王腊梅，家里还有一个人，是伴当丁都管。丁都管是我嫁过来时候的陪房，不知道怎么和小夫人䁖上了，两个人不是肩并肩一坨儿靠着吃酒，便是半夜一起到没人的稍房里做什么好事，就算靠在壁上，也做些勾当，她是个泼贱的烟花，惯做这等事，一日里都离不开。相公娶她回来，一夜也难得来我这边。相公宠她纵她，她还和丁都管做成一路寻我的不是，眼看就无那活的人了！兄弟，我日日盼着梁山人来，我若是落入了他们的毂中，你要来救我。"

"且慢，姐姐。王腊梅和丁都管的事，你是亲见来，还是听人家说？"

"我自然是亲见来。"

"你既然能够拿奸拿双，为何不叫起来，让家里上下都看见？赵通判夜夜和王腊梅睡，怎的还会让她半夜和丁都管跑到稍房去？这些事只怕是姐姐想出来的，哪有这话！"

"你！"李千娇不禁哽咽难禁，泪眼婆娑，"你怎么同我那糊涂的相公说的一样！王腊梅和丁都管自然有事，我每天看在眼睛里头,相公只是不信。早晚有一天我拿下了他们……"

她哭得身上稀软,只得靠在花荣肩头。花荣生得威风凛凛,站在那里如半截铁塔,纹丝不动,任李千娇的眼泪湿透他的衣襟。李千娇双手搂住花荣的腰:

"我日日盼着梁山的人来救我。眼看就没有活的人了!好兄弟,把王腊梅、丁都管绑在花标树上,碎尸万段。那王腊梅必定吓得发抖,一直赶着我喊'姐姐,你饶了俺,我买饼好肉酢,装一桌素酒请你吃!'谁要吃她的!我说碎尸万段,她就要让碎尸万段。列位壮士分吃了她的心,宋江做主,让我两口儿和儿子回乡土,夫妇团圆。"

花荣一闪身抱住了千娇:

"傻姐姐,这样不懂疼你的男子,你还恋着他何用?去了一个王腊梅,还有十个王腊梅。他官帽越戴越高,你则越来越老,他哪里还念什么夫妇的情谊?像你这样出身名门、幽静贞闲的姐姐,谁不爱?谁会像赵通判一般傻,为了半路烟花,丢弃了这样金尊玉贵的人儿。花荣爱你爱到骨头里了。姐姐,你跟我上梁山,我打家劫舍,你守着寨子,两个孩儿,我都视若己出,你我一夫一妻,白头到老……"

忽然听到门外人声喧响,听见王腊梅高声骂叫:"一个什么好夫人,屋里藏着奸夫说话哩!"李千娇惶恐地起身,整理了蓬松的发鬓,系上了散开的裙子。门被撞开了,花荣抽出刀冲了出去,一瞬间就无影无踪了。李千娇听见王腊梅在喊叫:

"你做的好勾当,相公怎么歹看承你来?你藏着奸夫将相公臂膊砍伤了!相公,你休要打她,这个是十恶大罪,律有明条,拿她见官去来。"

李千娇惊得醒了,出了一身透汗,才发现是黄粱一梦。

李千娇小的时候就看过一出戏文,不久前又特地喊县里的班子到家演了一遍。这出戏是《大妇小妻还牢末》,演的是梁山好汉黑旋风李逵的故事。那黑旋风是梁山泊好汉,宋江手下第十三个头领,为在街市上打死一个人,被东平府拿住,恰好是李荣祖做个把笔六案都孔目,为他进好话,判作误伤人命,免他一死。后来李荣祖陷进牢狱,李山儿从梁山下来救他。李千娇小时候看过这出戏,记得不真,后来猛然间听到一段唱:

我当初凭着良媒取到我家里,换套儿穿衣,拣口儿吃食,这婆娘饱病难医,犯赃物拿只送入衙内。我劝你这一火良吏,再休把妓女娼人娶为妻……

这触动了她的心事,她立即差人打听会唱这出戏的班子。还真被她请到了,只是搬演那天,王腊梅看不到一半儿就冷笑着走了。差人去请,她说自己身上不舒服。这都是赵通判惯的。

听戏听那演正末的唱到这段,李千娇止不住眼泪奔涌:

都则为一二载烟花新眷爱,送了俺二十年儿女旧夫妻。他与我生男长女,立计成家,如今便眼睁睁亲见守着别人。他便是铁石人,休道心不气……

句句都说到她的心上去了。只是,戏文中的李荣祖之妻赵氏,已年过四十,她李千娇才只有二十六岁,还一点不显得老哩,怎么这男人已经变了心?

李千娇爱看这出戏,家里能够与她津津有味地从头看到完,一面同她交换着议论的,都是她的心腹。那些见不得这出戏的,都是心里有鬼的人。《大妇小妻还牢末》,说的是有一个李荣祖,家里有个赵夫人,还有个二夫人。那二夫人是烟花从良了的,因为李荣祖搭救了李逵,李逵送给他四两重的一对匾金环,被交到二夫人手里,闹到官府,把李荣祖陷到了狱里。那梁山泊的第十三个头领黑旋风李逵,听说了此事,向宋江哥哥告了一个月假限,将着一包袱金珠财宝下山搭救他,劫了牢,一同上了梁山。李千娇看到李荣祖的赵夫人去世,一对孩儿落到后尧婆手里受尽折磨时,总是会珠泪涟涟。她爱听这个时候正末的唱词,她使班子里的老生为她唱了一遍又一遍。他痛,他悔,他被二夫人害得很惨,满心里都追念着赵夫人的好处。李千娇闭着眼,心中酸痛,眼泪如涌:

把孩儿相凌辱,折倒的黄瘦了,使不的你家富小儿骄。头上虱,如喷饭;我心中,如刀刃搅。把衣服扯的似纸提条!这是儿女每没爷娘下梢!

李千娇眼看着花荣冲了出去,并且把她丈夫赵通判的臂膊划伤了。"哎呀,我为什么信了他的话?他可是打家劫舍的强盗,是贼的阿公哩。"李千娇心下大悔,"不是说好带我一同走,带我上梁山的么?"

花荣在夜色中无影无踪了,赵通判进来,他脸上遍布寒霜,只看一眼,李千娇就知道,她今后和他不是什么夫妻,只能是仇人了。李千娇吓得抖作一团。

"我和你是儿女夫妻,你这般做下来。"

李千娇被拿到知府衙门的时候,全城的人都轰动了。首状是王腊梅,告的是大夫人,这样的世界,真像是颠倒了。"你的大夫人和你是儿女夫妻,她怎么肯做下这样的事?"今日通判府上的事,跟戏文上演的不一样。

现有伤痕,阖家人亲见奸夫,又有口供,按律发下了一个"剐"字。

第一刀剐下去的时候,李千娇痛得激灵灵地抖。她等待着花荣来劫牢,这一下子却是把她的希望都剐碎了。第二刀剐下去的时候,比第一刀更痛,她是好人家长大的千金小姐,从小儿聘给赵通判,她行得端坐得正,骨头是小姐的骨头,面皮是小姐的面皮,一举一动都是小姐的闺范。然而此刻她被缚了起来,一刀一刀地剐,因为她引奸夫割伤了丈夫的手臂。李千娇号啕一声:花荣在哪里?怎么不来搭救她?她做梦都在盼着梁山,她眼前又浮现戏的情景:

(正末云)你也姓李,我也姓李,道不的一般树上两般花,五百年前是一家。你多大年纪了?(邦云)小人二十五岁也。(正末云）我三十岁也。不是我要便宜,我有心待认你做个兄弟,你意下如何?

李荣祖认义的兄弟是黑旋风李逵,那是个身材长大、面皮黑色的人,一部胡髯硬扎扎的。梁山泊一百零八个好汉,未必都是这样货色。常看戏的李千娇爱的是大刀关胜、金枪手徐宁,她的最爱则是小李广花荣。第三刀剐下来了,李千娇吟叹了一声,这是她生命的最后关头。迷蒙间,戏台上的李荣祖幻作她自己的模样,她这么一个人,一辈子生长在闺阁,从来没见识过丈夫之外的男人,却在戏台上摆摆地走了出来,落落大方的,同一位女侠一样,一挥手放走了大刀关胜。关胜曾撞破了王腊梅同丁都管的奸情,反被他们纠缠住了。

兄弟,你放心自去,有我在哩!兄弟也,无甚么给你,这一只金凤钗,与你权作压惊钱,休嫌轻意。

金枪手徐宁来了,她也一样地认义、送钗。他们都把她李千娇的姓名,经板儿一样地印在心上。只要她有难,他们便从梁山上下来搭救她。她最爱是花荣,爱的是他俊美的面庞儿和通天的本事。花荣是个孤身,妻小都没有的了,她嫁给他做续弦,也正是般配:"我与你一夫一妻,白头到老……"

第四刀剐下来,李千娇着实支持不住了。她想起王腊梅,她生下来便是乐户,不久前才脱了籍,嫁给赵通判前,经了不知道多少狂风骤雨。李千娇知道王腊梅并无奸情,她知道她的陪房丁都管是个太监一样的人,既不爱说话,也绝不会夜间出去。她的丈夫赵通判,爱的是王腊梅,夜夜同她一起睡。王腊梅说,相公待她很好,只是大妇忒厉害,见了她就骂,看她就像眼中钉。李千娇觉得第五刀下来也不怎么痛了。王腊梅了解她不知道的很多事,王腊梅跟许多男人要好过,王腊梅心上的人儿不是花荣,不是关胜,也不是李逵,王腊梅心上的人儿是她的丈夫赵通判,这是她经历了多少人之后,自自在在挑选的一个子弟。她高兴给他做小夫人,他宠着她,李千娇恨不得刀下得更快更狠一些。赵通判府上的事情,跟戏文里演的不一样。

"夫人,快起来吃药吧。"红儿喊醒了她。

她从白日梦中哆嗦着惊醒。"这一身的汗!"她说,"过的这叫什么日子!每日里就好像有人用刀碎割你的肉一样。我够了!够了!把二夫人和丁都管拿住了,不要少了一个!你三人救了李千娇,万古流传,快把贼妇攒箭射死!"

(据《争报恩三虎下山》等元杂剧改写)

水 南 寨

这十八层的水南寨，就像是十八层的地狱，我李幼奴，住在地狱最下面一层。

刚刚到这里的那一日，他将我赤条条地捆起来，把手叠着，系在椅背上。他倒是高兴极了，在屋子里走来走去，嘴里乱说乱道。一时间高兴走出去了，又把门锁得牢牢的。我先是羞怕，不知道什么人来，看见我这般样子，又是害怕，一整天也不见人来，怕是我死了也不会有人知道。

这天地之间，竟然有这样的地方；天地之间，竟然有这样的人。

我是知书识义的人，俺相公是个秀才，俺爹爹也是读书人，从小儿没看见过打架，耳朵里没听见过恶声。我见过的人，都是好好地说话，彼此间客客气气。俺的爹爹和夫婿，教给俺三纲五常、三从四德的道理，所以刚被抢来的时候，我想的是一死了事，以完贞洁。可这个如狼似虎的人，早就看得紧紧的，不许我寻死。推不开他，连身体也被他玷污了。

愁中闷中，光阴难过，每日间看见日影慢慢地移。说起这个不讲理的贼汉，我的眼泪流个不住，可是谁又能看见我的眼泪，听见我的叫喊？夜间他搂着我，让我喊他"亲亲"，我不肯喊，他就骂将起来：

"装什么幌子！就算是个闺女，也被我弄成破罐子了，况你本来就是个破罐子！"

我和他说不清。他这样的人，谁和他能论清楚道理？我被他骂得哭了，他又哄我，那哄我的话，也羞人答答的，让人学不上来。高兴起来，喊人"娘子"，怎般甜言蜜语说遍，时新果子、稀罕吃食，全都弄来，在院子里摆定，沐风赏月。又叫我唱，叫我做出那一日跟我相公在一处的样儿。我不肯唱，顶头一个大爆栗，直跳起来骂。只好含着泪唱：

盏落归台，不觉的两朵桃花上脸来。深谢君相待，多谢君相爱。嗟！擎尊奉多才，量如沧海，满饮一杯，暂把愁怀解。正是乐意忘忧须放怀。

头十几日，身上添了多少伤痕，渐渐地让他看见我驯顺了。他一团高兴，白天晚上来这里歇宿。叫唱就唱，令饮就饮，让我喊亲亲，喊达达，喊相公，我也只好不做一点迟疑，打得怕了，骂得极了，把一个良人妇磨没了廉耻。他夸我守妇道，三从四德，果然大家闺秀。这都是贼口中没道理的昏话，我只好胡乱地听。他高兴起来，同我说起这水南寨的地理。他自夸是个权豪势要的人，他说他是当朝蔡太师的第四个侄子，所以想做什么就去做。这水南寨，便是他想修起来就修起来的。一共一十八层，每层都拘过妇人，壁上张挂行乐图，色色不同，长几短榻，由人任意坐卧。他说人就活一辈子，在这有限的光阴中，便要及时行乐。他笑着说：你那秀才相公，跟个小叫鸡子相似，酸文假醋，好容易讨了个浑家，还被我抢来朝夕替我弄，他可敢哼一声？你不要看那天蹿出来的汉子打了我一顿，我倒是佩服他，因为他不讲什么道理，只认拳头说话。打得过我，我便躲出去，不吃眼前亏。大嫂，你记得那人叫什么名字？他说他是宋江手下第十七个头领病关索杨雄。哎呀呀，我这就要叫我伯父派人去拿下他。

  他不让我出门。他的办法好笑得很，他让人在院子里筛下灰，只要我出门，走出脚印，他回来打我。我不在院子里走,我只在檐下坐着。下起雨来了,雨水在檐下不住地滴,地上的水乱流。这下我倒是可以到院子里闲步一回。

这偌大的水南寨,真个在水之南。听说那个梁山,也是这样一个水围起来的大寨。那么蔡太师的侄儿,和那做贼的宋江,想的办法都一样的。野水四合,人迹罕至,叫破天也没人听见。贼汉说水南寨还有其他妇女,我却不得见她们面,这一十八层的水南寨,怕是一个大的所在。

今日怎么听见有个货郎的声音?

卖的是调搽宫粉、麝香、胭脂、柏油、灯草,破铁也换……

打开门来,那个货郎长得漆黑。我问他卖什么,他说有绒线、翠绒花、符牌、钢剪等物,又拿出一把旧枣木梳来,漆得红红的,边个有一个牙印。他拿出那东西摆在我面前,我赶紧往那货郎脸上看去。我不认得他。我赶紧问他:"这梳儿是什么人给你的?"他说是刘庆甫给他,托他来水南寨找他的浑家的。是了,是了。我哭起来,那漆黑的货郎让我不要哭。正说着,贼汉回来了。

我亲见那黑汉子把蔡衙内一拳头打得昏了。我后来才知道这一位是李逵。

我的相公叫刘庆甫，我有个名字叫李巧奴，如今我们夫妇团圆，永不受别离之苦。

刘庆甫从来不问我曾在水南寨看见什么来，我也从来不问刘庆甫在梁山看见什么来。每日里他读书写字，我拈针执帚，是最平凡不过的一对夫妻了。

然而我听人说刘庆甫曾经到梁山上去告状，跟好汉们拜了兄弟。我不是听别人说的，我是听宋江手下第十三个头领李逵说的。有三顿打：杨雄看见蔡衙内抢我时一顿打，李逵到水南寨搭救我时一顿打，而后蔡衙内逃走，鲁智深追到云岩寺一顿打。我曾亲见两场，看见他眼眶儿歪，鼻血儿出，我便不敢睁眼。最后一回，听说鲁智深把那贼汉打坏了，抬到梁山去，有出的气，没入的气了。宋江依常，还要摘了他的心肝吃酒。刘庆甫也分得一杯红酒，他手战战的，不敢喝。天地之间，竟然有这样事情。我回到家以后，连做了几年噩梦，连刘庆甫，一梦见梁山的人血染红的酒，也都是要翻江倒海地吐。

这"淫"和"盗"，不晓得为何，是戒不断的事业。我后来和刘庆甫活了八十来岁，那蔡衙内和宋江一伙儿人，一个不剩，通死了好几十年了。我从来没和谁提过一句蔡衙内，就像他从未存在过。不过我自己，偶然会想起来，他穿着一袭洁白簇新的衫子，收拾得帽儿光光，笑嘻嘻地跑过来，浑不知自己只有论天的日子好活。我八十来岁时，脑子时常糊涂，想起贼汉说"人就活一辈子，要及时行乐"的话，觉得是不知道哪辈子听到的、久远的一句话。我远了个"淫"字，刘庆甫也再不上梁山，把这一世的日子碎碎地过，做一对灶头夫妻。这些话通不晓得该对谁讲，普天下的人只知道刘庆甫告状上梁山，李山儿打探水南寨，那戏文上说的，也只是拣热闹的去说。

（事出元杂剧《鲁智深喜赏黄花峪》）

鸳 鸯 楼

他不敢抬头，起身远远地接过一杯酒，一饮而尽，便还了盏子。在鸳鸯楼上，他看见她葱管儿般的嫩手指上套着三个约指，两个碧玉的，另一个金的，那一枚金约指套在小手指头上，那根指头儿翘得老高。他听见张都监说把玉兰许配给他的话，疑心是听错了。酒并不多，却觉得头有些热，他朝着都监拜下去："量小人何者之人，怎敢望恩相宅眷为妻？枉自折武松的草料！"

这晚他早早回来，害怕酒多失礼，一路上月光明明地照着。玉兰咿咿呀呀唱的那支曲儿，仿佛还在他心上旋绕着。咿咿呀呀，他的哨棒劈下去，似乎想要把缠住他思想的那支曲子截断；咿咿呀呀，他一抬头，正看见那眼神落定在他脸上，三分笑意，还是不住声地唱。武松在月明中打了几个轮头，口中"咿呀！"一声。

他听说男子汉失了童身，是要毁坏力气的。他的童身，也跟随他二三十年了。在哥哥家住着的时候，那一晚，嫂嫂将酥胸微露，一缕儿头发垂下来，掉在那白晃晃的膀子上。等到话说得差不多了时，那一只手伸过来，捏了他的肩膀，说他身上的衣裳冷。她捏得他麻酥酥的，仿佛那手的触感一直挠到他心里去。"嫂嫂休要恁地不知羞耻！"他记得自己这一声大喝，止住了其时荡漾不已的空气。再后来自己亲手把那花容玉貌的头儿从颈上割了下来。他粉碎的是那一种引他堕落的东西。

他想到菜园子张青的那个女人，那简直不叫个女人，丑得像猪头，却还把粉乱七八糟搽了一脸。看到她那种怪样子，他就忍不住想笑。他调戏她，句句荤话，单听他的那些话，还以为他急不可待，马上就要扯她到后面无人看见的地方去。"张青娶了这样一个浑家，"他想，"却也跟多一个兄弟差不多。"到晚两个在绷满人皮的那间屋后头的榻上取乐，都是有力气的，不晓得是怎样的大战，是谁赢谁负。武松眯着眼睛想着，笑了起来。

"有贼！"

他听见有人乱嚷起来了，不免提着哨棒抢入后堂来。他看见了玉兰，袅袅娜娜地跑过来，害怕地牵着他的衣襟。她的身体紧贴着他,武松未免一抖。贴着的是她的颈,她的胸,她的腿。"你别怕,待我去杀了贼。"他对她安抚地说着,也让自己平静。她这样娇娇嫩嫩的,他的一个指头就能把她戳倒了,武松吸了一口气,一种想要把她戳倒的念头持续不断地奔涌上来。

"一个贼奔入后花园里去了!"玉兰同他说。

武松再次走上鸳鸯楼的时候,他是真的贼了。月亮依旧明晃晃的,照得楼上像白日一般。他蹑手蹑脚地走上胡梯,看到了张都监、张团练、蒋门神三个。一刀一个,他很快结果了他们。在白粉壁上写下"杀人者,打虎武松也"之后,他打算走了,却不提防前番骗他、和张都监做成一计的坏女人——那唱曲儿的养娘玉兰,引着两个小的,执着灯走上前来。他躲在一边。

那心窝儿热乎乎的,刀扎下去的时候,武松的手仿佛碰到了一块软绵绵的东西,滑腻溜手。接着感到了心突突地跳跃了。武松便一用力,鲜血喷溅出来,她红嘟嘟的唇恰好对着他。

武松晓得他扎对地方了。

(事出《水浒传》)

报 恩 寺

巧云掀帘子走出来时，看见那汉子看她的神情，不禁好笑。从他的眼色，巧云猜知他必然是个未经过男女之事的雏儿。他急忙垂下头，脸涨得通红，却又一个劲儿把眼睛瞟向她。他不敢看她的脸，却再三盯住她的胸。他的头垂得低低的，看的是她的脚。他的那种样子，让巧云也禁不住脸上飞红了。她知道自己的美丽引得他往邪路上想，并不是她做错了什么。

当初王押司一死，潘公做主把她改嫁给杨雄，却料不到这个身形高大、一身武艺的汉子是个银样镴枪头，他大概于女色上绝无欲求，所以好大年纪才娶亲。巧云坐在暗室里细想石秀形容，觉得他在缄默诚实的外表之下颇有点不老实的地方，不禁抿嘴笑了起来。她幻想跟他颠鸾倒凤。她隔了帘子偷偷地窥视他，他已经在潘公的安排下住下，就在他家帮着开肉铺子。她预测他过不几天就会来逗引她。

杨雄总是不在,她和石秀相处的日子不少。在那些独处的夜晚,她留神听着来自他房间的声音。因着到门外会碰见他,即使只是出去舀水,巧云也会在镜前发呆半晌,在两颊添抹一点胭脂。时间久了,她发现了一些怪异的变化。石秀总在躲她,有时她因为察觉他的颤抖而亢奋不已,觉得快要迎来他们之间的好事了;又有一些时候,他对她极其冷淡,听到她的声音就躲开去,让她恨不得咬他两口。

"我真是傻。"巧云辗转难睡,"他在想什么呢?看他那副样子,倒成了我是勾引他的人了。我不信你会不想我。想,又为什么不来?我知道了,你是为你兄弟的情面。可是这个样子,让我意难平。"

海阇黎转身关上楼门时,巧云心头怦怦直跳。她晓得马上就要发生什么事。这个和尚并不难看,虽说缺少了石秀那动人的羞涩。可石秀给了她多少说不出口的气苦!那些夜晚脑海中萦绕的画面折磨着她,在此刻突然在她面前打开了一个幻境,让她的双脚有些发飘。"师兄,你关我在这里怎的?"一阵酥麻害她站立不稳,巧云听到自己的声音都有些异样了。海阇黎跪在她面前,双手搂紧她的腰:"今日难得娘子到此,这个机会作成小僧则个。"巧云知道今日的事情必然成就了,她终于将成为她自己盼望成为的偷情的女人。

"我的老公不是好惹的。"她说,"你却要骗我。我老大耳刮子打你。"

她的手拍了下去,落在和尚肉腻腻的脸上。这拍却成了抚摸,对了一番嘴儿之后,和尚把她抱到床前。和尚的情话是她盼望听到却又第一次听到的。他说他把她看得像菩萨一般。他说想她想了很多年,如今知道她的身体就是西方极乐之境,有今天这一场,就算是被人抹了脖子,血流一地,身首异处也甘心。巧云一边闭着眼睛受用,一边忆起那些漫长的寂寞的岁月。她也想起石秀,觉得自己不必爱他了,想到他瞧她的眼神中写着"淫妇"二字,她不免伤痛。她将在他面前昂起头来,任他想她,她都是凛然而无情的。她有了这样一位法宝,为她——

立雪齐腰,投岩喂虎。睡来同衾枕,死去不分离。

(事出《水浒传》)

浪子燕青

他又一次喝尽了她递给他的酒,她斜觑着他,果然无事。他依旧神情自若,并非像他自己先前说的"天性不能饮酒",在一旁陪饮的她却着实脸红了。酒让她快乐起来。她让他把上衣脱掉,他却不肯。

"听说,哥哥身上有全东京子弟都比不过的好文绣,让我看一看如何?"她扯了他的袖儿,对他微微地笑。

"我怎么敢在娘子面前脱衣服?"他这样说着,脸上却无一毫羞涩。他是什么人?他是全国有名的盗魁,想着他的身份,却又看着他这样年轻、这样俊俏的面孔,她连心都微微地醉了。他说着那样有礼貌、热络的话,眼睛里却有一种看破世事的淡然,她是真的醉了。她伸手过去,把他的衣服掀开。

文的是一只美凤,引颈欲飞。她忍不住再次伸出手去,抚摸他的文绣。他纹丝不动。

"锦体社家子弟,正是要把这衣服脱了,好让人看。"她喃喃地说,把他的上衣全部褪下,青色的文绣下面是雪白的肉体。

酒是真的喝多了,她倾倒在凳上,他把衣服穿好,对她一笑。她也便笑看着他,随口让妈妈把她的阮拿来,拨弄了一曲。他便也唱了一曲,声清韵美,字正腔真。她吹箫,又把她的箫给他吹,看着他的唇凑到她刚碰过的地方。

"上一次你来,我便记清了你。"她说,酒让她更加妩媚,"你很久不来了,但是今天你还是来了。希望你为我留下来。"

他站了起来:"娘子今年贵庚?"

她已经二十七岁了。这样的年龄,按理说,不当再做这样卖笑的活儿,可是她情愿。她依旧美丽如十年前,这十年间,她爱过诗人,也爱过皇帝,可是现在,此刻,她想要爱一位浪子。

"小人今年二十有五,却小两年。娘子既然错爱,愿拜为姐姐!"他站起来,对着她拜了下去。她怔怔地看着他。

酒喝多了,她无力阻拦他。他要做她的兄弟,而不是情人。当她无须为了钱做生意后,在这小皇宫般的院子里,在那一位举世闻名的嫖客眼皮子下面,她曾经奉养过一位年轻而风情的男人。后来,他走了。她呆呆地看着眼前的他,想起那位已经走了的词人,他曾经躲在她的床下偷听了一夜,写下了一首"纤手破新橙",她那时对那人何等迷恋!她突然笑了起来。

"好啊,你已经是我的兄弟了,我们是一家人了。"为了掩饰醉态,她又喝掉了一盅酒,"明天起,不要去外面的店里住,就在我家住下吧。"

她不知道他们会有怎样的下梢。尽管是在醉中,她也感觉得到:他并不愿意同她发生任何的关系。然而她是整个东京最美丽而多情的女人。她又喝了一杯,她不想思考了,她只是想让他留下来。她呆笑着对他说:"你同我说的事,我定是要帮你的。"

拨弄着阮儿,她唱起刚才他那曲清韵悠悠的《渔家傲》,把一句连唱了两遍——

燕子不来花又老,一春瘦的腰儿小。

(事出《水浒传》)

穷不怕

少年时候他是山东地方一位旧家的公子，父母死得早，落落寞寞地成长起来。他念了几本江湖侠客的书，暗地里向往一种飘零的生活。他娶了妻室，她是另外一条街上钱姓的女儿，家事平淡，乏善可陈。他有几个朋友，每日撺掇他饮酒，惹出事来，让他吃了几场官司。某一天他突然决定离家出走。他立在门口，回望了一番，看到自家的院中有几只蜻蜓飞来飞去，飞个没完。

他做不得强盗穿窬，也懒得入倡优隶卒，如果那样的话，日子跟原先就不会有根本的差别。天下熙熙，皆为利来；天下攘攘，皆为利往。他如愿做了一名乞儿，用双足量尽天下名胜。他给自己定下了只讨一次、下次绝不登门的规矩，在沉沦中葆有一丝尊严，同时驱赶自己向更远的地方走去。他常能讨到许多，却不让任何闲钱伴着自己过夜，每晚他把钱赠送给这一日中他看见的最需要它的人:他走进垂死者的房间,帮助贫苦的亲人安葬他们;他解救为少了一点钱而不得不生离死别的父女夫妻;他为被遗弃的小孩送上粥饭,为风烛残年的老人炉灶里添满柴火,米缸里装满米。人人都喊他"穷不怕",因为他一定要把最后一文钱散出去才能舒服。

那一日他躺在太原的一间冷庙里,饿得就要死了。他想到了自己尚在风中的田园,莫名地有些思念久别的妻子。当初,她不忠于他,令他忧恨交并。他从前并没有感到自己有多爱她,但当发现她跟他最好的朋友的隐事时,他有一种突然间被丢到水里、无法呼吸的溺亡感。现在,这些事显得多么遥远啊!像他今天这样的结局,当初走出家门的一刻,他们已经料到了吧?他太善良。他想要成全所有人。

"就这样地死去,同天地化为一体,也是很好、很好的。"

他为自己流下了一滴泪。

有人把他抬起来装到一具棺木中。"一领冷席便好,哪里来的棺木呢?"他想。接着他听见有人说"还有气"。他喝到了热粥。他看到了极美的一个人。救他的是太原城里的名妓刘氏和她的嫖客。他虽心怀感激,却不能像他们期待的那样留下来。"我是浪迹天涯无定所的人。"

又过了一些年,为救一个人,他吃了没来由的官司,眼看又要死了。一干人犯被解到皇城里去,看来要奉旨发落了。皇上坐殿亲自研审,让他抬头看看龙颜。他周身一震,不明白为何与太原城里救他的嫖客如此相似。他遇到了微服私访的正德皇帝,成了刘贵妃的亲眷,住了御赐的宅子,当了皇亲。这就是那位绰号"穷不怕"的乞儿一生的故事。在人们的传说中,他后来是一位谦卑的老先生,遇到任何人都低声下气。人们说他的见识超乎所有人,因为他的足迹曾经踏遍每一寸山川和城市。人们说他沉默寡语,不近女色,是一个近乎完美的好人,却没有人知道他在想什么。

等闲回首白云低,四海五湖同一望。

(事出李渔《连城璧·乞儿行好事 皇帝做媒人》)

西 游 补

他用一种她从未经历过的方式进入她的身体。她听见了他的声音。他令她疼痛无比。这让她想起从前他没有那么粗暴的时刻，那时，为了得到她最宝贵的，他对她千依百顺，就连她用刀砍他的脖子，他也不喊一声。她流着泪想，她有多么恨他，多么恨他。

她最宝贵的，终于还是被他拿去了。这是命运，她无法拒绝，无法反抗，他是命中注定的魔星。他曾经让她误以为是她最爱的那个人，在那春风沉醉的夜晚，同她携着手软语温存，并着肩低声俯就。她带着醉意想，人生中难得有这样的时刻，她在如饥似渴的思念中得到了她想要的人。然而快乐只有一瞬，他现出了原形。他是骗她的。

罗刹女其实是个正派的好人。就连离开她若干年、在外面重新纳宠的丈夫牛魔王，提起她的品行都赞不绝口，说她闺门整肃,是个得道的女仙。然而他还是在玉面狐那里滞留不归,那女人娇妒,听见她的名字就要跟她丈夫大闹,跳天索地。她年轻,有的是娇妒的资本;而她呢,并非没有在深夜中,被一种锥心的疼痛击中,想到她自己跟丈夫和儿子都无法见面,在寂寞的千年里,不得不像无灵的木石一样守着整座空荡荡的芭蕉洞,从而对那女人燃烧起火焰山一般的愤怒的感情。可又有什么办法呢?以她的身份和年龄,吃醋不会令男人对她生怜,只会生憎。不过,即使在最难以忍受的痛苦中,她也不曾想到自己会跟另外一个男人发生什么故事——

但是事情竟然发生了。在她全无防备的情况下,那个对她以嫂相称的孙悟空变作蟭蟟虫钻到了她的肚子里——那亘古以来无人到达的私密领地,踢天弄井,把她闹得半死不活。借扇不成,他又变作她丈夫的模样,利用她一时狂荡的喜悦,同她挨挨擦擦,搭搭拈拈。等清醒过来,扇子已经被骗走了。真是"女人无夫身无主"啊!

她从来没见过她的丈夫生那么大的气,同孙悟空打了个撼岭摇山、惊天动地不说,哪怕被过往虚空一切神众与金头揭谛、六甲六丁、一十八位护教伽蓝围困,也兀自公然不惧,哪怕用东一头、西一撞的方式,也要战个不休。她醒悟到其实她才是牛魔王的信仰，他内心深处坚信她是绝对不会背叛他的，无论他如何荒唐，甚至忘记了回家。然而一切回不到过去了。她生下了波罗蜜王，才晓得那狲狲不是白在肚子里走一遭的。

他的娇宠玉面公主被猪八戒一钯筑死，现了原形；他的妻子铁扇公主被负恩汉骗了，还生下别人的孩子。他的人生曾经八面玲珑，威风四震，他生就一副英雄的肝肠，也有着男人共同的弱点。在红香绿玉中他享有过几年最柔软的时光，到后来才醒悟那不过是邯郸梦一场。在得意的生活中他没有梦见过会有唐三藏师徒过火焰山这种事。他不知道会有从天而降的陌生人，打碎他所拥有的、以为是铁打的一切。他辜负了妻子，这是一切不幸的肇源——

忏悔心随云雨飞。

（事出《西游记》及董说《西游补》）

君如天上月

　　武生出现在省城的骑射比赛校场上时，织云只觉得意乱情迷。从前她不知道自己喜欢什么样的男人，见到了武生她一下子知道了。可惜这醒悟来得晚了些，她都已经三十岁了。她下意识地拢了下头发，又低下头看裙底的弓鞋，引得四周的浮浪子弟不怀好意地对她吹起了口哨。

　　下一场是硬弓比赛，织云兴冲冲地去看贴出来的榜文告示，却看不见武生的名字。听说有人漏领了印票，莫不是他么？织云打听到关节，花了钱，得了印票送到他的寓所去。他的小厮说他已经去校场了。因为他头场成绩特别优异，主试破例特批他入场。织云只觉得无法儿可想，她驱着她的香车，再三让那驾车的马快快走路。远远地，她看见他在饭铺里，同着另几名武举生员吃进场饭，她找到饭铺主人算清了账，却没有留下姓名。

听说他中了武进士,她托人递了帖子邀他来。她等了他三天。第四天她听说他到某处看戏去了,便决定到庙里摆戏,又着人请他来看。这是这阵子最好的一天戏,人们都说倘若没有她织云有名的一个青楼行首的面子,纵使够那么些钱,也请不来那么好的班子。她凝妆含笑坐在第一排,为他空出最好的位子。小厮儿跑过来低低地在她耳边说:他母亲生病,已经回乡去了。

她追到乡间,他已入都会试。她追到京城,他已落第,以武举人拔槽标千总。她赶到淮安,他还没有上任。她买了所宅子,打算请他来住,又听说他被派了外出。听说他回到了淮安,住在亲戚家的大第里,有人来给他提亲。她打听到提亲的那户人家,递了卖身的契子,甘做一名随嫁娘。婚期近了,她病得倒下来,再三求那位从中作伐的中人:请先找人代我一个月,病好了就来。一个月后,她到了他家里。看门的人对她说:"代你的那位就很好,你不必来了。"

她听见他的声音了。他穿好了衣服正准备出门,门外套好了他的车。他依然是那么风姿磊落、英气勃发。他从她身边经过。

"老爷,"她说,"我是那一位要到府上侍奉夫人的婢女织云。"

"如此,谢谢你了!"他对她这么说,令她心中一惊,还以为他全都知道了。"现在夫人身边的那一位,听说是你帮忙找来的,谁想到是离散多年的小丫鬟。夫人现在高兴得很,你安心吧,过几日送你到长官家中的知州夫人身边去。"

他匆匆离开了。这是她爱他这几年来,唯一一次跟他说话。她跪下来请求见他的夫人。"其实跟官人并不熟,"她说,"但是因为官人的缘故,前后花了几千两银子,跑了几千里路,朝思暮想了这四五年。"

"请让我留下来,朝夕能看见他一眼也好!"

他的家人惊诧又震动。他这才恍然大悟:这几年总觉得有什么人默默地跟随着他,替他销掉一切旅账,他万没想到是一个女人,一个比他大着十几岁、爱着他的妓女。

渊冰厚三尺,素雪覆千里。我心如松柏,君情复何似?

(事出齐学裘《见闻随笔》)

问 花 楼

近来他常梦到一个人的倩影。那人在他梦里徘徊，有时被一阵风带到远处，似乎听得到她的暗泣。她在他梦的边缘居住了很久，那里烟水弥漫，孤灯上袅着篆烟。等他终于从梦中发出声来，便问她是什么人，为什么到他的梦里来，莫不是两人有什么夙缘么。她起初并不答，久了才说，她是大宋祥符年间人，姓薛，名琼枝。

若干天后她说她生前喜欢植兰。她所居住的"问花楼"植兰数百本，这楼俯临西湖，满楼都是幽香。他仿佛看到她在楼中穿梭，衣服上绣满兰花，在栏杆边题诗。她有时画兰，神情清美。她的模样，到此刻方为他看见，不禁思念成狂。

芙蓉秋放时，他看到她着紫衣乌帽，男装出行，身后数十侍女，皆绿衫短剑。她们在水边流连到明月初上，满满地坐在画舫上，吹笙弹琴，联袂而歌。那歌曲是他从未听过的，一时间不知道今夕何夕,更不知道自己身在何地。他惆怅地发现自己只是她们附近的游魂。是她们侵入了他的梦境,还是他侵入了她们的人生?

湖水澄鲜,佳月流素。他在近处听到了她们的低语。她们中有以主仆相称,亦有互为表姐妹的。他所熟悉的薛琼枝拔佩剑起舞,在歌声中,在花光与水影中间,令剑光与月光融为一体。他听到有人称她为"蕊宫仙史",又有人称她为"小姐",说她是太守之女。他暗想掌蕊宫势必是死后的事情,而太守女是她生前的身份,那么这对月起舞的一幕,是生前的记忆,还是登仙后的常态呢?在无穷的浩渺宇宙中,死于华年的美人永远是美人,而不必有红粉骷髅的忧虑。他想到此,不禁泪下沾襟,因为他弄不清楚是不是自己的思念令一切重生,除了梦境中的惝恍迷离,那蕊宫中的真仙,是否会留一点情给他呢?

他们相隔了几个朝代,在遥远的过去,或许他也曾经是她的什么人。梦醒之后他盼望着再次入梦,而梦境总令他惆怅满腹。他数次问她为何到他梦中来,问得久了,便看到她临水写生的模样。她写了她的小影,其时疏雨垂帘,落英飘砌。他看见她开口对他说话了,却听不到她在说什么,只看见她眼圈红了一红,接着泪下数行。他也忍不住哭泣起来,仿佛明白了前生的事情。他们之前,是有情的,只是这情隔了几百年,其间事迹俱忘却了,只有那一腔的思恋,还在两人心头盘旋不息。

薛琼枝弃了笔,把那一张画就的小影给他看。他未来得及说话,发现自己已变作一枝牡丹,被插在胆瓶中,花枝红艳艳地凝聚着。薛琼枝对着他不住地看,接着一恸而绝。他也因为心痛从梦中醒来,同时明白自己再也不会进入这个梦了。醒来时他的手中多了一帙诗稿,题作"问花小稿",他翻开第一篇看:

梦里湖山是也非,向人杨柳自依依。六桥日暮花成雪,肠断碧油何处归。

(事出《耳食录·蕊宫仙史》)

色　戒

　　皎皎是戏子和私娼的女儿，嫁给了邬合。

　　邬合并没有什么三百六十行中的职业，他是大户人家不争气子弟的帮闲。赌局、妓馆、大老们家中，无处不到，挣下了一份家业，想找个女人看家。娶进门的那一日，他看见皎皎的样子，想的是：坏了。

　　粉嘟嘟一张白脸，红通通一个樱唇，两道水鬓描得长长的。他见过的大老们的妻妾，连同门户里的姑娘，还没有人比得上她这一个。

　　皎皎晓得邬合是天阉的那一日，哭了整整一夜。然而邬合是奉承人的惯家，扫地铺床，烧饭煮茶，连马桶都替她去倒，活菩萨一般供着她，倒也慢慢安心下来。没事她就往门前望望，偏是个死巷子，从不见有人来。不觉过了两年。有一日她正在午睡，闯进来一个和尚。云情雨意来得猛烈而突然，让她心荡情迷。她让他先穿好衣服出去,下次看邬合走了再来。

邬合回到家中,走进房来,却看不见皎皎了。床上被儿叠得好好的,厨房里冷锅冷灶。到邻居家问,邻居说从未见过娘子模样。家里东西一毫不少,不像是跟人逃走了,他去到井边,井栏窄小,只能容下吊桶,也不像是投井的样子。四处访问了,又去兵马司递失呈。几天没有踪迹,他去求老爷们,领了名片,着知县上紧缉拿。

皎皎被从和尚的柜子中查出来时,捕快一把抓着她拎将出来,劈面一掌,打得一跤跌倒在地。到了堂上,先拶了一拶,又褪了小衣打了十五板。"料道这样妇人,她丈夫哪里还要?"她摇摇地站在公堂上,听见县老爷说。"今晚暂收监,明早传官媒领卖了。"接着,她又被那监中的禁子,一个叫作"色痨",一个叫作"钱癖",连骗带打,奸了一夜。

邬合一早候在仪门外,远远地看见他的老婆:面容灰黑,喉间嘶嘶的,满头蓬发,眼睛被泪水泡坏了。身上是斑斑点点的血迹,低头含愧站着。邬合心中不忍,点了点头,叹息两声。

"有劳上下,我改日酬劳。相烦先回谢老爷,我送妻子到家,就来叩谢。"邬合跟老爷求了情,领了皎皎出来,皎皎听到他在门口谢长班。她上了他为她雇的轿子。她被他搀到自家床上。她见他去烧了一锅甘草汤,扶她下来,替她脱了裤子洗伤。她的私处肿大如桃,他用一块旧绸帕替她把污血揩拭干净,扶她趴在床沿上,上了药。擦完身上,换了件小汗衫,替她洗了洗脸,把头发梳梳,挽了个髻儿。

邬合放皎皎睡下,盖上夹被,自己坐在床沿守着她,笑道:"我同你虽是干夫妻,几年的恩爱怎么忘得了?何况本来是我的不是。我一个废人,把你一个花枝般的人儿耽搁着,我何尝不悔?"

想到几年来他的百般温存,十分爱惜,又想到那如狼似虎、负案在逃的假和尚对她的凌虐,还有两个鬼一样的禁子,皎皎放声哭了起来。"哥哥,我负了你,你不恨我,倒这样疼我,我今生报你不尽了!"

(事出曹去晶《姑妄言》)

江上卢生

卢梦仙是个迂阔的读书人，贪爱京郊西山上的秋色。红叶村落中散淡的北人知道他是个举人，原籍扬州。他一个人寓在萧寺中，朝夕吟哦，在山道上留下长长的影子。与他过从的多是些山人寒士，月凉之夕，风露之晨，免不得开了瓷坛里的酒，再各自领纸去分韵题诗。他在车马阗路的京师悄无声息地住了六年，有一日突然地名声大噪起来。人们说他中了会试的甲榜，除授行人，已经衣锦还乡了。

他的妻子，有个学名叫作妙惠，少年时候也是读过书的。在回乡的船上，卢梦仙想起妻子这年也应当有二十六七岁了，她嫁给他的时候不过十七岁，却尝了六年与他别离的滋味，在他印象中她还是花枝凝露，不知是否已随秋草枯萎？他从来是儒生，自我标榜不以女色为念，想到此处却不免低首。他有些后悔沉沦功名没有早些回来看她，让她最美好的时光委与空苔。

在接风的家宴上,他的妻子没有与父母一同出现。他想着她却不敢问出口,他的父母再三谈起几年前大饥之岁的情形,水灾之后,继以旱蝗疫疠,死者填街塞巷,惨不可言。梦仙唯唯,好容易耗到饭毕,抛下碗直奔内帏。房中并没有她,令他有了"归来已不见,锦瑟长于人"的不祥预感。

"她改嫁了盐商谢能博的公子。"跟从他的小厮打听了来告诉他。

出了镇江,便是金山,卢梦仙知道此处有一座大寺。他借着宦游再次离开了家乡,怀着对父母的愤懑和痛楚。金山寺环堵萧然,气象森森,卢梦仙信步游去。在一截断墙边他读到一首诗,虽字迹斑驳,落款可辨,他看到有他自己的名字在其中,那写诗的人自称是他的妻子。

"是她!是她!"

江中的盐船不下数百艘,歌吹喧笑,夜夜秉烛,有书生从未领略过的繁华风味。他乘了一艘小船游荡于烟波间,在盐商的船桅中间穿梭,做渔翁打扮,唱着那首金山寺壁间的诗句。他看到三五成群的佳丽临水而笑,看到晨兴的丫鬟对着江面理妆,看到名姬扶着残醉乘舟归去,想到她美丽肃穆的面容,不禁感到荒诞:"这里会有我的妻子吗?"

水窗开处露出她的半个身子,然而大船在行进,因此与他交臂而过。卢梦仙听到远远的江上有人在呼唤:"是扬州的卢举人吗?"当年与她不通音耗,却总还知道她就在那里,如今江水苍茫,烟波万里,他能在旅途中、在不可能中发现她的足迹吗?

　　今夜卢梦仙没想到自己践行了杜甫的诗意——"夜阑更秉烛,相对如梦寐。"今夜卢梦仙的泪滴在她的手背上,比昨夜连连爆开的灯花还要灼热。她从盐商的船上逃出,乘坐他安排的小舟向他飞来。这是宝贵的妻子,在饥年被他父母卖出,却依然爱着他。他们曾经不懂得人生有限,相爱的人应当在一起,不要轻易别离,直到他们被迫分开。但是在烟波浩渺中他还是找到了她——

　　生则同衾,死则同穴。

　　　　　　　　　　(事出《燕居笔记》《情史类略》及《石点头》)

蓝 桥

刘渥是南京人，他的父亲在阴平做官，他便来往于家乡到甘肃的这段路上。从南到北，由北而南，寂寞的旅途中，他时常叩问那些俾夜作昼的场所。他之前不认得她们，之后又匆匆上路，下一次到了这个地点，或许早已人事变迁，旧雨新欢，更替如年。然而他始终对跟他有过一度春风的女子们心存感激，哪怕只有一夜，也要在这有限的时光中让她感受到爱情的欢乐。

父亲去世后没有给他留下多少钱，他不得不到关外的云中县追索一笔欠款。不料欠债的人像蒸发了一样，正打算回乡，他感染了风寒，眼看一日重似一日了。看他大概要死了，他的僮仆卷了他的行李和盘缠逃走。旅舍主人把他放在马棚看守人住的土炕上，他辗转呻吟了几天，便不再感到任何痛苦。"这样死了也好。"

有人把他抬起来了,他的身体摇摇的,像是在路上走。"这么快就下葬了吗?"他在迷离中想。接下来有人往他口中滴灌甜汁,接着又有苦水,药香满室。久熬的香糯的粥温暖了他的胃,也温暖了他的身体。转侧间,感到衾枕是滑腻的,丝绸的质感唤醒了他沉睡的感官,他挣扎着抬起头看面前的这个房间——有一个人影在他面前漂移,半天才止住不动。他依稀感到那是一个很美丽的女人。

他再次苏醒时才看清楚,房间中窗明几净,在他的床对面的一张小榻上,美人正倚枕坐着看他。

"你是谁?这里是什么地方?"

原来他们曾相遇于汝南旅邸。他走后,她很久才从爱而不得的痛苦中平复下来。她离开汝南到云中已有一段时间,几天前听说有一位南京的刘姓公子垂毙旅店,特地过来,看是不是他。虽然病容枯羸,而神情可忆,便把他抬回来医治。刘渥知情后抚枕恸哭,数年的云情雨意、风餐露宿卷上心头,令一生中后悔的事如梅花落:

"我当时何德于卿!你竟这样待我……"

他当即有了一个决定,慢慢地说给她听。他虽然不是什么有钱人,家里好歹也有十几顷地,衣食粗足,他当娶她做他的发妻,同她白头到老,永不分离。然而她微笑着说,数月前,她已经答应嫁给广陵朱氏。"我同你可谓三生缘薄。"刘渥无语而退。月余病愈,复要一近香泽,被她峻拒。"我已跟朱生有约。"

他跟跄离开了云中,带着她馈赠的厚赀、她的嘱托——"温柔乡,终非安乐窝,勿复浪游。"她说:"我们二人从此就算缘分尽了,倘若有一日再相逢,彼此就装作不认识吧。"他心里时时感到疼痛。这些天他一直努力想回忆起来她是谁。那些他在不同地点、不同时间遇见的姑娘们,她们总是差不多的,那么她是哪一个呢?他含着泪想,在某个他所不知道的地点,是否仍有一位少女在思念着他?此刻她仍坐在绮窗前,等着他,等着他,而他永远不会知道了——

若是晓珠明又定,一生长对水晶盘。

(事出俞蛟《梦厂杂著》)

画　中

　　她对着那一张悬在墙上的图卷，指着那上面的石磴，对我说："你的妈妈本来在那里，后来，她飞走了。"她们大概想像祖父骗我父亲一样地骗我。我早就听人说，祖父说把一幅旧画上的女子给我父亲当老婆，那时候，他也才只有四五岁年纪，比我现在还小着两岁呢。那些人作弄他，让他喊那幅画叫"娘子"，他就喊那幅画叫"娘子"。

　　她们现在又想让我喊一幅画叫"妈妈"，在这个家庭里，大家都喜欢做这些无聊的事。我不会喊那幅画的，何况，那幅画上只有一只羽毛漂亮的鸟、一些竹篱和石磴，什么人物也没有。我的妈妈，倒真的就像她们说的那样，"飞走了"，她突然之间消失了，再也没有在家里出现。我还记得她细细的吊着的眼睛，她身上的兰麝香，有我俯在上面的她的温柔的肩膀。我总想待在她的身边，但她毕竟是走了，我的家里，就像这空空的石磴一样。

现在我就只有秀姐。她给我讲我妈妈的事。她说我爸爸在行商的途中遇到了我的妈妈,她住在一座乱山合沓中的大宅子里。但只是由她的母亲出面招待我的爸爸,她则隐藏在壁间的图画中。我的爸爸认出了这张图画就是他小的时候对着喊"娘子"的那张图,也正是现在我天天能看到的、上面没有人的图。那时候妈妈在图上,吹着一枝长箫——我妈妈的名字叫玉箫。她们说她是天上的一位仙女,有的仙女就是这样,偶尔思凡来到人间,遇到了一位男子。我妈妈在图画上住了很多年,又因为家里面败落,这幅画被卖掉了,再后来,万想不到我爸爸在山里会重新看到它,并且有一位自称是画中人母亲的老奶奶对他说,要他与画中人成亲。

我怀疑秀姐是编这个故事骗我的,因为很多很多时候,我都哭着要找我的妈妈,她想让我停止哭泣。秀姐说:"不要哭了,小鸾!你妈妈很会吹奏音乐的,她就是天上一位吹箫的仙女。她走的时候叮嘱说,你要多吃饭,以后会长得很高,还说你以后能做很大的官。"我透过泪眼看那幅画,那幅上面一个人也没有的画,看着便又伤心地哭起来。从小到现在,我都在想着这个故事是真是假。

秀姐说她是不可能骗我的。她让我睡觉,在梦中会听到我妈妈吹奏箫声。在梦中,我的确会听到很美的箫声,是我在醒的时候没有听到过的。我去问过爸爸,爸爸说这个故事是真的,我就仔细看着爸爸的脸:他是一位被神仙选中的人,他和一位现在住在天上的仙女生了我,可是他却有胡子,眼睛下面还有黑眼圈,看着一点也没有什么出奇的地方。朦朦胧胧间,我仿佛觉得我曾经亲眼看见过妈妈飞走的那一幕,当时她正在院子里的竹石间站着,一只像画上那么漂亮的大鸟飞了下来,我妈妈就跨上鸟背飞走了,我爸爸使劲地牵着她的一角衣裾,喊着让她不要走,她却把衣裾弄裂,越飞越高了。这是梦,还是真的发生过?快睡着时,我摸着秀姐的脸,问她是不是我长大了还能看到她。秀姐说是,说妈妈不会忘了我,她会骑着凤凰回来,接我和爸爸一起飞天,因为爸爸也无时不在想妈妈——

重衾幽梦他年断,别树羁雌昨夜惊。

(事出管世灏《影谈》)

阿　嫱

谢伯庄对于声色，向来是不以为意的。他同友人一起到广南去。这里千顷海水，万叶华舟，载美人无数，专做倚门生意。谢伯庄没见过海，今日一见，真可以阔人心胸。同游的都在花楼小艇间左拥右抱，唯他在甲板上放眼汪洋，神游万里。

"真是痴人一头。"坐下来喝酒时，同游的魏生调侃他。他指着席间一个美人对他说："这一位阿嫱，是此间的烟花班头，爱她的人不计其数，刚才她到外面看了你好几次，你都没有看见她。"谢伯庄向那美人脸上看去，她也正在看他，两人目光相接，伯庄脸上一热。

伯庄觉得阿嫱的目光始终在他身上。无论他谈论什么，无论他是饮酒，行令还是写字，都感到自己置身于阿嫱目光的笼罩中。每次伯庄追索那目光时，都看到阿嫱含羞地垂下眼睛，低下头去。伯庄这天真的喝醉了。

第二日，魏公子约他再到阿嫱那里去，伯庄虽然心痒，想起父亲对他的叮嘱"浪游无益，唯读书精进才是立身之道"时，下决心拒绝了他。然而这一日无论他做什么，都觉得四周环绕着阿嫱的目光。那秋水一般的目光，漾漾地让他的笔、他的纸、他的书都跟往日有些不同。所以三日后，当魏公子又来约他时，他便跟在他后面走出去了。

阿嫱今天身上是簇新的衣裳，一枝玉簪斜插着，梳的是新样的头。她为他备了一席盛馔，亲手给他温了酒，她说谢伯庄是贵介公子，辱临此处，她有幸与他同筵，已觉不虚此生，只是待伯庄去后，千里烟波，从此怕是不能再见了。她说着，落了两行清泪，又笑道："人生得意须尽欢。苏轼清明麦饭，为亡妾掬泪；白老司马青衫，遇琵琶女，伤情正是钟情。你我此时情浓，不管什么他日。"说毕，将杯中酒连进三爵。伯庄实在是醉了，他握住阿嫱的手，同她一起呜咽。灯残了，照着他们露在锦被外的臂膀。阿嫱在他的怀中轻盈得像一片花叶一样。阿嫱温热的香气钻进他的鼻息，触手所及，丰肌腻骨。阿嫱的嘴唇潮湿而柔软，阿嫱的舌尖像一只香鱼，他们在彼此的海湾里缠绕了很久，一阵痉挛般的欢喜后，伯庄像月光一样宁静了。

这一晚阿嫱给他讲了自己的故事,幼年丧母,好赌成性的父亲,十四岁的梳栊,和曾经娶了她的巨商,讲她流落烟花的境况。他告诉她自己父亲的官爵,家中的庶母,看过的戏班子,和走过的山川风物。他告诉她自己是不能为她留在这里的,她的眼泪浸湿了枕头。她说实在是此生此世只爱伯庄,只爱伯庄。她大概不能等伯庄,但是她的心里从此住着伯庄,再也住不进其他人了。

"你是否见过广南的阿嫱?"伯庄总是这样询问南去的人。他打算托他们给阿嫱捎京样的衣服、上好的茧绸。"阿嫱已经记不起你的名字了。"见到阿嫱的那个人说,"阿嫱是个人尽可夫的妓女,你何必认真?"烦恼的伯庄想起阿嫱孩子般的面庞,和她许多的眼泪。阿嫱说她爱他,但也许反而是伯庄爱上了阿嫱吧。

落尽木棉花如锦,一身縠薄好郎摸。

(事出《小豆棚》)

头 七

二鼓时分，屋子里的灯火突然皆变成绿色，映得惨惨的棺木，在墙上拉下摇曳的影子。帐子被风吹动了，隐约可以看到里面坐着一个人。

头七这天夜里，按理，这停灵的屋中是不应有人的。死去的是李大郎，他才三十来岁，十几日前，人们还看见他在这街市上买馉饳。李大郎有三男二女，长长短短一屋孩子，所以他买回去一百个馉饳给孩子们做朝食。"李大郎是个好人，可怜好人不永寿啊。"来吊唁的人发自肺腑地说。他们从未见过李大郎跟什么人争吵，李大嫂也脾气好，两口子勤力俭省，笑脸待人，日子过得正是红火。他们听见李大嫂哼哼地哭，已经哭得没力气发声了，只剩下眼泪收不住，热乎乎地在脸上淌。"大郎这是得的什么急病？"有人还在问。"命，这都是命，阎王让你三更走，不能留命到五更啊！"

李大嫂没有按照头七的规矩离开灵床，尽管先后有几波女人劝她离开。她时不时地掀开棺盖，看着大郎的遗容，便又哀哀地低泣起来。"大嫂，这一天是迎煞的日子，要是撞克了，提防有大灾。咱们还要为孩子着想！"李大嫂仍是万般不肯走。于是，夜阑人寂，迎吊的人空了，儿女们也被安排在另外的屋中，这灵房里就只剩下大嫂一人，守着那忽而变作惨绿的灯火。

随着一阵阴风吹入，窗儿猛然开了。李大嫂透过帐子向外头望去，看见一个红发圆眼、手持铁叉的大长怪物从窗户中跳进来，它的手里牵着一根绳子，绳子上拴着大郎。怪物看到灵前有酒馔，就坐下来吃喝起来。这灵馔样样都是城里最好的厨师手艺，足以让怪物胃口大开。它的嘴巴很大，每吞下一样东西，肚子里就发出"咕咚"一声。李大嫂看见大郎了，趁着怪物吃喝，他走到旧日几案前长叹，接着又来到她身边，去揭灵床的帐子。

"大郎！"李大嫂扑上去抱住他，他浑身冰冷又没有重量，像一片又冷又湿的云。"大郎！你回来了！"

那怪物上前争夺大郎，李大嫂只是使尽平生力气，死死抱住不放手，一边大喊起来。等到五个儿女全都跑到灵房中来时，红发的怪物踉跄逃走了。大嫂抱着大郎的魂魄，把他放入大郎的棺木中,一家人守着低低地呼。这日黎明,大郎的尸身变得温热了。

他们一家仍旧过旧日的日子,夫妻俩像以前一样相爱,从来没有吵过架。就这样过了二十来年。直到有一天,李大嫂出门解手,迎面碰见了那个红发的怪物。"啊,李大嫂!我当年因为贪吃的缘故,被你弄掉了我的一个鬼。阎王枷了我二十来年,今日才算放出来。我要把你取走了!"说着,怪物便掏出绳子来,要套在李大嫂脖子上。这天夜里,李大嫂去世了,她所喜爱的丈夫李大郎还活着。

(事出袁枚《子不语》)

蒋 老

扬州城西种菜的蒋老,近来深得满洲人的喜欢。都统看到喂马的草料都截去了根,称赞他办事精细,夏天南方的茭草根上有水蛭,吃了这样的草,马会生病。蒋老被发了步兵牌,隶正蓝旗下。这一日,他被喊到江边。几个满洲大兵让他把地上的一个巨大的布囊背回家。"这里面是你老婆。"

"我自己还养活不了自己,养不得老婆。"蒋老苦苦哀求道。

"说些屁话!天下有白得老婆还不要的男人?"一个满洲人拔出刀来,要把蒋老劈面斩了,被另外几个人抱住。又有人把布囊从地上提起来,按到蒋老背上。他不得不移动双足,背回家去。

所幸有人怜惜他,给了些干粮、黑豆。蒋老细细地煮了几天粥,那从囊中倒出来的人,渐渐地能两手支着破床板坐起来了。她说自己是扬州太守的妻子,蒋老骇了一跳,喊她"官太"。告诉她有够吃半个月的粮,让她不要悲恸了。

二十天后,粮要尽了。官太问他:"你能进城吗?"

"这两天为了访官太的亲戚,我进城跑了也有十来趟。可是访不到,太守殉城,城里十户去了九户,街巷都空了。"

"你进城的时候,守城的满兵盘问你不?"

"我有正蓝旗步兵腰牌,他们都认得我了。"

"如此,西城内有董公祠,祠左侧第三家门首一大阴沟里,有两具木匣,你给我取来。千万不能让人看见。搬回来时,上面盖些柴草。"

蒋老一口气担回来千两银子。接下来,集庆巷中第四家双环门第二进东侧厢厨下积灰中的两大包银,玉带桥北大第中空板房一所下的窖中累累白银,渐次地堆满了蒋老的茅屋。接下来,他二人持本钱往来贸易,买下百间草房经营南北杂货,获利无算。那雕梁画栋渐渐地起来了。不顾蒋老万般推辞,官太归了蒋老,定情之夕,蒋老年过半百,还是混沌未开,又惊又喜,真正神仙不啻。人们都说,蒋老一生积德,所以到老有这样一番奇遇。

可没有人知道那所谓"官太",正是江湖上赫赫有名的妓女罗小凤。在明末那些荒乱的日子里,她是有名的"打乖儿",

同着许多"帮闲""连手",在一起扎艳砲,设局不知道骗了多少大老名公、少年子弟。因为闹得太凶,连皇帝都知道了,这才被从京城里撵出来,发到扬州去的。十日屠城时,她的假母被杀,她被发在戎幕中,同一群兵士鬼混,又因为要行军不便带走,被装入巨囊出卖,三日三夜,水米未进,气闷饥寒,生不如死。昏迷中,罗小凤梦到金甲神,告诉她因为有债未偿,还死不了。当她睁开眼睛时,看见的就是蒋老了——那志诚的面貌摇晃着,渐渐定格在她面前,睁着恳切的眼睛。

她罪恶的一生中唯一一点光亮。

（事出《香艳丛书·艳囮二则》）

飞 来 石

徽山湖畔渔舟队中长大的少女鱼娘一生中的奇遇是做了虬髯豪客的女徒,比这更奇特一千倍的,是遇见了侠娘。

跟随虬髯公学艺的第三个年头,侠娘偕一书生前来。虬髯公让鱼娘出来见侠娘,他说,同是他的女弟子,她们俩的剑术不相上下,"天然公例,物必有偶"。他们知道,侠娘身边的那男人是不配与其成"偶"的。那么他何以会在她身边呢?鱼娘听虬髯公说过侠娘的身世,她是吕留良嫡亲的孙女,她的家族被雍正灭族时,她才只有五六岁。把她密藏起来的那位前明功臣的后裔,恒与奇人杰士相往来,拔剑斩地,击筑悲歌,他是虬髯公多年的宿主。鱼娘学艺的每一天都会听到师父提到侠娘,说她颖悟绝伦。听说她漫游海内去了,如今才得一见。

鱼娘问侠娘:"他是谁?"侠娘沉吟良久,他曾是她同窗共读的师兄,是她养父的族人,然而他何以突然出现在卖技为生的她身边,则是她不能无惑的。之所以留他在身边,难道真是为了掩人耳目吗?或者也有一点旧情在里面吧。她决意逐他,而他已先期发觉,星夜而遁了。

全天下都在搜捕侠娘,而她们已悄悄潜入了北京,寻找着刺杀雍正的机会。在一家小店里她们竟然再次遇到了书生,风尘布衣,倦容满面。书生说,离开侠娘之后,他无路可去,像他这样的人是不可能在清朝做官的,又找不到什么事做,所以就潦倒下去。于是三个人又在一起了。鱼娘始终对那男人心存疑虑,几次入宫侦探,都看到搜捕的人严阵以待。鱼娘对侠娘说,有侦探在我们的肘腋间。果然,有一天她们在案头发现了书生亲笔写的一封密札,而书生赴宴去了。侠娘说:"就是今夜吧。"

书生醉归,发现只有鱼娘一人在家。这妩媚娇弱的女子常在他们左右,寡言少语,凡事随顺,令他早有觊觎之心。读书人十年林下,所求无非显位高秩,所以在张廷玉那里领了密令,忍辱雌伏在侠娘身边。名为夫妇,其实一点勾当也无,今晚这可人的鱼娘独宿,一直似与他眉目有情的,怎能放过这机会?鱼娘左推右挡,说不可以,书生逼得更紧了,一道剑光刺来,临死之前,他才仿佛想明白鱼娘和侠娘一样,是身怀绝技的。

　　鱼娘疾趋到宫廷时,看到了黑压压的锦衣卫,听到传旨大学士入受顾命,狂喜而跃,她知道侠娘的事已经成了。守卫士看到了一个黑影从墙头飘过,急忙放枪,所幸没有击中。回到徽山湖的渔舟队中,鱼娘多年以来一直悬心的是:侠娘怎样了?她是否还在人间?

　　十年来她在徽山湖做一名普通的渔妇。她一直思念着侠娘。寂寞中她独自登泰山,在绝顶看太阳从云海中升起来。一片霞光中,对面的石上突然出现了一位高髻女子,神采欲飞,鱼娘不禁泣下,那不是朝思暮想的她吗?鱼娘一生的奇遇是遇到了侠娘,从此不会再错过了,她们将一同游峨眉,逾苗岭,入藏卫,礼真如,谁说女人的一生不可以飘逸跌宕——

　　长风几万里,吹度玉门关。

　　(事出许指严《十叶野闻》。雍正死于遇刺事为野史所载,疑以传疑、未必可深信也。)

河神的妻子

山西浑源县的英俊少年栗毓美，家贫，他的业师舍不得让他辍学，便让他住在自己家里继续读书。在这位老秀才想来，他与自己的女儿正是天造地设的一对。那位明慧端庄的少女，不嫁给栗毓美这样的人，她还要去嫁给谁呢？那位师妹是栗毓美经常看见的，彼此也都有了情。

他们的情形同后来张恨水在《北雁南飞》中刻画的那一对很像，在最年轻的时候，与老师的女儿在乡塾中共读发生了感情。只是前者遭遇了家庭的反对，因为师妹早已经许给了别人，而栗毓美和这位明经的千金，他们的婚约几乎已经被两家人订了下来，在毓美中了秀才后，便箭在弦上了。

那一晚，毓美同业师的公子做永夜之谈，两人都颇饮了些酒。公子很快作玉山倾了，倒在毓美床上，好一场醉睡！毓美推了他几次，他都不醒，无奈跟公子易榻而卧。以他们通家的关系和他与公子的交谊，这也不是什么了不得的事。然而第二天早上大家看到的却是骇人的一幕：公子倒在血泊中，被割喉而死。门窗都锁得好好的，唯一的嫌疑人便是毓美，尽管谁也想不出他会有什么行凶的动机，官府毕竟判他抵命了。他知道自己将不明不白地死去，那斩决的日期，已经迫在眉睫。

被提出监牢时他以为自己即将被押往刑场，然而从狱卒的耳语中他似乎听到了一点奇怪的风声。在县太爷的问事厅上，他看到了白衣翩翩的师妹。她已经嫁作人妇了，那娶她的人同他亦有过同窗之谊，他早知道他向她求过婚。接着他看到了她的丈夫，他被提审，自供确是真凶，重金募了剑客来行刺毓美的，没想到杀错了人，因为酒后失言，第二日便被妻子告上公堂。一切焕然明白了。

在那纯真无瑕、太平无事的同窗岁月中，他大概也曾经每天以看见她为幸，静坐在书房偷听她吟书的声音吧。她大概也曾无意间在家人面前露出行迹，惹得奴仆偷笑吧。变生不测，在失去她的这段时间，他虽然心痛，却不敢幻想两人有缘再聚，如今缘分就在眼前了。他和她都已经是自由身，并且等到了两两相对的时刻。

"除了我，没有任何别的人能够为你雪冤。然而我已经嫁给别人，跟你已经无缘；他家也不会再要我，因为是我告发了他，有杀夫之罪。"这天的私会师妹说了很多，大旨就是这个，不管栗毓美对天明誓，指诚日月，今生除她之外绝不娶别人，师妹给他的也只是这样一个纠结的苦笑。

所以师妹的死讯传来时，栗毓美知道他竭尽全力也无法阻挡这一结局。她是一种古典派的完美主义者，在某种事物面前，把生命看得轻如鸿毛。这事物，旁人都会认为是节操，唯他知道是冰雪一样的爱情。他后来走上仕途，由知县做到一品的河督，成了清代有名的能吏，因为治河的丰功伟绩被人称作"河神"。他一生劬劳不已，巡工时感染了暴疾，地方官吏来看时已经说不出话，只是用手指着胸前的玉主，人们知道他的意思是要以之殉葬。那玉主是他佩戴多年未曾暂离的，是他找名玉工雕刻的她的小影。他遵守了诺言，这一生没有另娶过正式的太太——

飞花去，良宵长。

（事出李岳瑞《春冰室野乘》，参以《对山余墨》酌改）

袅 烟

邓兆罴的新书房坐落在他家花园一角，四壁摆满图书秘本，诵读之余，自吹长笛，倚歌一曲，把酽酒喝得沉醉了，自以为赏心乐事，天下无过于此。当然，如有一位执壶劝觞、清歌妙舞的人儿在侧，便更加完美了。他带着稍许遗憾入梦，梦到一处临水的小房子，挂着一幅对子："舞罢云停岫，歌成柳转莺。"接着看到一个蓬头垢面的少女从里面哭着奔出来，口中说着："凭你怎么着，我只是不从你们。"邓兆罴在萧斋榻上惊醒时，觉得心口还在疼痛，眼睛里涨满泪水。他捉过笔在宣纸上写下"袅烟"二字，这或许是他梦中人的名字。

邓兆罴在京师正阳门外看见了他梦中的房子，打听到那是老妓玉兰的家。门前的对联同他梦中的一字不错，邓兆罴疑心自己在一个长梦中还没有醒来。他走进去求见袅烟，这家的人纷纷变色,他们说袅烟与恶少相携私奔,已经有个把月了。竟然果有袅烟其人!邓兆罴心中既惊又惑。他昏沉着出了妓馆,写了文书,请司南城侍卫公帮忙找他的妹妹袅烟。袅烟的尸身从妓馆后花园的泥土中掘出来时,阖城的人都惊动了。

"你是一个好女子,因为不甘做妓而死。"邓兆罴在袅烟坟前酹酒为祝,"你我有缘,令你入到我梦中来;你我又无缘,我不得救你于生前。如今你沉冤已白,九泉之下,还会念我这份情么?"说罢,他觉得衣袖中仿佛有什么东西,累累下垂,然而事实上又什么都没有。从京师到高邮,一路上旱路水路走了数十程,他总感到有什么坠在他的襟前、身后,然而又什么都没有。

邓兆罴终于见到袅烟时,是他在新书房居住的第一夜。黑暗中,他问那发出窸窸窣窣的声音的所在,一个细弱的声音回道:"是袅烟。"邓兆罴毫不惊奇,他笑着说:"连个烛火都没有,你当真不是骗我么?"话音刚毕,灯光四射,所有灭了的灯重新燃亮了,站在他面前的正是梦中人,她换去了他的旧梦中那身敝衣,换作靓服严妆,她美得如同秋月。

女鬼的身体竟然带给他无异于人的快乐。她如同孩童的细瘦身体在他的热情下羞缩退避,她流出的处女血沾染了床褥。"我生前是为了保全童贞而死,死后却如此不顾羞耻。"云雨过后,袅烟对他说,眼睛中漾着似水的波光,腮儿红红的,双手环着他的脖颈,如此之紧令他窒息。邓兆罴什么也顾不上说,只是抱着她唤一千遍:"袅烟!袅烟!"

　　他们在新书房度过一日又一日,夜晚在一起,连白天也在一起。她为他执壶,共醉秋月,她为他吹弹,声遏行云。他们过得很不寂寞。然而分别的时候到了。邓兆罴请她不要走,然而袅烟原本就并非这个世界上的女人,她也终于需要回归到寂寥的天上了。第二天,他照袅烟临别时说的,到了白杨树下。有一个婴儿在那里啼哭。等这个从野外拾得的婴儿长大的时候,人人都看得出:他的耳目口鼻无一不肖似邓兆罴。

　　生生死死随人愿。

（事出《萤窗异草》）

卷 蕉 心

俞桂堂对于女性的想象，全部出自湘灵。她九岁到他家时，他才十岁，每日跟一个小厮在后园捉蟋蟀，全身是土。他看见她跟着他母亲在内室中，喊他母亲舅母，很少出门。他听到窗户后头她说话的声音。他偶然看见她穿天青色或海棠色衣裳的背影。她带的小丫头过来玩时，跟人说湘灵是个女秀才，她会看书、写字。

因此俞桂堂读到"静女其姝"，想到的是他自己在园脚屋边等着看湘灵的事情；读到"北风其凉"，想到的是海棠花枝下自己拉住湘灵的手的情形。

那时他二人都已经十四五岁了。蒙师解馆，日长无事，趁家里大人不在，相约在海棠花下斗草。她说并头兰，他说同心蕙，又说"此心未必无人解"，她笑吟吟地答"生来本有同心处"，又说"兰兄蕙妹"的话，让他狂喜，拉过她的衣袖，闻到了熏香的气息。百感交集，他不知该说什么，低头看到了她系着的秋香色的汗巾。"我们交换来系。"他说，因为想到了《石头记》里传情的方式。"让舅母看见怎么好？"她不依。"我就说，我的这条像女孩子的，喜欢你这个颜色素朴，才跟你换的。"

湘灵在长成，她的气息，她的言笑，她的身材。俞桂堂觉得一天都不能看不见她了。然而不见的日子却多了起来。蒙师去后，他进了学，她却只能在屋中坐着学习针黹。下学回来，遏制不住思念，他经常托故到母亲房间去，也未必都能见到她。有一日他得以与她并坐，他试着挽住她的手，为看她面颊上的红，掀开她低垂的发帘，她的星眸在躲闪，笑着倒在床上，两人正不可开交时，他母亲走进来了。她气涨了脸，骂他："不读书，到这里干什么？"

而他在学里时，他父亲偷翻他的字稿，竟然翻到了他写给湘妹的诗："偏欲忘卿忘不得。"因此湘灵被送回她自己家的缘故，他虽然不甚晓得，但猜想多少一定是跟自己有关的。他听说他的姑父已经娶了继室了。他每天盼望着来信，却一直没有。他的小厮告诉他湘灵被关在楼上。听说浴佛日她去观音庙，他也去了，盼到她出来，她上车时对他说了一句"今后怕是不能见了"，还未问为什么，她的继母已经过来把他驱散。

她的仆人走到他家，一脸惊汗，半天才说出："我家湘姑好人儿自缢死了！"是真的吗？俞桂堂颇有惝恍迷离之感。他不说话。湘灵只有十七岁。仿佛是昨天，她的雪白脖颈还在他面前晃，让他欢喜又心慌。他不说话。走到屋子里去。他的母亲跟在他后面。他已经看完她留下来的绝命词了，"叹名花易谢，好梦难长"，他记得小时候玩笑时他说过"只恐名花风雨妒"的话。他不说话。

人家都说俞桂堂的死，是为他的表妹殉情。被他的父母哭泣着焚化的他的遗稿中，有两句已经被人传开了，他说：

蕉因经雨心初卷，蜡已成灰泪未干。

（事出邹弢《浇愁集》）

喜 相 逢

　　浙江处州丽水县小蓬莱山赵家坳的女孩儿赵如子，是个女汉子，自己穿上了男人的衣服，到外面云游四海。她在郡城司空学士家里饮酒，知道这家有个才子司空约，年方一十九，写了一首诗，说自己想要遇见西子。趁着酒醉，赵如子在司空的诗下面和了一首，说西子如今就有，为什么不去细细寻访呢？
　　如子第二日起身告辞，后来到西湖上散心。湖光山色，无非是司空约的影子。悲愁袭来，便在亭壁酒楼上题诗，告诉那个想要找到西子的人，自己家住小蓬莱列眉村，还把姓氏嵌在了"小月老牛马走"这几个字中间。
　　司空约寻到列眉村，颇费了一点苦心。因为列眉村是古名，今日没人知道。他伏在堆柴草的厢房里窥见了赵如子的芳容，不禁欣喜若狂。不过，这小生到底还是要服从命运给他的安排，去赴他躲不开的乡试。

乡试的捷报进了赵家坳，司空约中了第二名，接着便要上京会试。女汉子赵如子打点了旧日的行装，一路上暗暗地跟着。行到曲阜，她听说当地有个赵大学士的女儿请考诗，而司空约前去应考了，便也去考诗，想看看相府家的女儿到底如何。一见之下，两人分外投契。相府家的女儿名叫赵宛子，同她的名字如此相似，她的才华令她倾倒，两人你来我往，和诗无限。她们的心事，都在诗中了。

司空约会试归来，金榜题名，奉旨娶亲，十分荣耀。更奇的是：娶的是两位太太。此时厅上厅下，灯烛辉煌，异香绕室，簇拥着两位小姐。司空约居中，赵如子居右，宛子居左，共立红毡。先拜了天地，又拜谢了圣恩，拜了父母，夫妻交拜了四拜。拜完，送司空约夫妻三人同入洞房，共饮合卺筵席。三人俱不做人间闺阁态，因而说说笑笑。酒过半酣，说到半夜。锦帐中，已设得长枕大被。

赵如子含笑走入锦帐，看了看身边的男人和女人。她是爱他的，也爱着她，他们俱在青春，情投意合。以他为朋友，以她为闺阁；或以她为朋友，以他为闺阁，不是一样？十岁父母双亡之后，她凄清一人，对影成双，而赵宛子虽出身相府，这孤儿的命运还不是同她一样？她费尽了心机得到他，又赖天成全,有了她,这家庭中,今后是无限地热闹着了!那一日,她跑到宛子的家里,便想到了今天:司空约走了,赵宛子的心空了。她对赵宛子说:事情未必绝望,赵宛子明白了她的意思,对她也作出了明白的表示,她们是同命的鸟儿,那一句话,至今仍在温暖着她的肺腑:

婚姻一时事,义盟千古心。

(事出《宛如约》)

青天白日

娟奴往怀中一摸，发现丢了锦袱时，急得一脸通红，脑门上沁出汗。她和小姐秘密商量出这一办法，历了好几个月，这一百颗珍珠，是好不容易凑齐的。金约臂原是老夫人收着的，她和小姐为了要过来，想了不少办法，小姐跟老夫人说要戴了去烧香，老夫人给了，再三说事毕要再交给她放起来。她俩甘心冒着老夫人责罚的危险，是因为小姐说："出门在外，金子总比珠子好用。"表公子郁昉的状况寒窘不可言，在家尚可，过几天就是他出门会试的日子了，没钱行不得，十年寒窗，本来有折桂的本事，却错之交臂，思之令人生怜。娟奴上上下下摸遍了自己全身，没有锦袱。她"呀"了一声，掉头就跑。再没别的地方，必定是丢在刚才的乱草中了。

娟奴出来时候匆忙，在家门外那块荒地中间的乱草里胡乱小解过。她返回去找，在那块荒地上站着个人，她仔细看，原来是经常在附近唱莲花落的小讨饭的,日常就在这一带晃的。她不理他,只顾寻找,他却问她是不是丢什么东西来。娟奴心中一动,莫不是他捡到了?连忙堆起笑来,问他有没有在这里看到一个紫色的锦袱。小讨饭说:"你告诉我里面有什么东西,如果是了,我就还给你。"娟奴赶紧擦了泪,告诉他里面有一封信,还有价值五百两银子的各色珠宝。小讨饭从怀中掏出锦袱递给她,说:"信我已经看了。这是你家秦小姐贞璞接济落难女婿十郎的财物,是也不是?"娟奴赶紧打开锦袱,里面的物品一毫不错。她抬起头深深地看了小讨饭一眼:他年纪不小了,比她高了半头。她想起听见有人喊他的名字仿佛叫什么南宫任安,她当时曾想:"怎么这个讨饭的看着不起眼,倒有这么个体面名字?"曾多看了他几眼的。她还记起他唱的莲花落情辞俱美,在这一带小有名气的。想不到他还认识字。娟奴赶紧向他拜下去,被南宫一把扶住。娟奴道:"这一包袱东西,买田盖屋子都够了,你又这样穷,少吃没穿的,竟然还给我,让我怎么报答你呢?"南宫望着她,斜着眼睛笑着说:"我今年二十岁,还是童子身。姐姐长得这样美,要报答我也好说,只怕你不肯。"娟奴红了脸,说:"休说肯不肯的,你对我有大恩,我是要报答的。"

送完锦袱给郁公子，娟奴回转来，一路上想着那个要饭的。今儿算是认真看清楚他了，他长得不难看，眉清目秀的，脸也洗得干干净净。身上的衣服穿得稀破，可也是洗过的。娟奴边走边想，他来这里也有些年了吧？未晓得他是哪里来的，怎么还认得字？他还给我锦袱是高义了，可他又要我以身相报，有这般私心，也就算不得什么恩人了。可他这人，实在不讨厌，当他说出让我报答的话时，脸是红红的，说毕就各自走开了，似乎也没指望我真的那样做。他斜着眼睛笑的样子，有几分不正经，可他的那种样子，让人看着心里甜甜的。娟奴心里默默定了主意了。

娟奴看见了他从园子外头走过来，便用一枝桃花砸中了他。他仰头望时，看见她在楼上，他呆呆的样子让她不禁笑起来。她下楼给他开了园门，带他到园子僻静的地方去，仰面躺下，小声嘱他说："就这一次。我是为报你恩的，不要贪图了。"小讨饭的激动地抱住她，连声说："晓得。""他可能是南边人。"娟奴想着，一面用红帕子盖住脸。讨饭的一把扯下红帕，同她做了个嘴儿，说："你这么好看，我看也看不够，为什么要盖起来？你是不是怕羞？"娟奴斜睨他一眼，用手指了指上面："这大白天，青天白日的，你不怕神明么？"娟奴闭上眼睛等着。当她睁开眼看时，发现小讨饭已立在地上看她。"你怎么了?"娟奴问。"你怕神明,我难道不怕……"小讨饭说,口中说了好几遍"青天白日"。

娟奴立起来时,小讨饭已匆匆逃走,娟奴抿嘴笑了,她其实晓得他是做不出来坏事的人,果然没看错他。娟奴在他后面边走边唤他道:"你吃饭了吗?要是饿,我拿糕饼给你。明儿什么时候饿了,只管来找我,饭尽有的,便是我的饭也可以分给你吃。"

娟奴第二日仍等着他,他没有来。第三日仍是。有几次她在街上撞见他,他都羞愧地转过脸去。娟奴已经告诉了小姐讨饭的还锦袱的事,只是略去了"报恩"一节,小姐给了她一些碎银钱,让给那讨饭的。她在街上追着他,想和他说上项事,他却像遇见老虎一般,看见她就躲开,跑得比风还快。

郁公子中选之日,捷报也报到了秦家,老爷和老夫人有几分尴尬,他们已经是给表公子写过退婚帖的了。过了几日,表公子上门,闭口不谈退婚事项,单问嫁娶喜期,老爷和老夫人喜从天来,待之尽礼。这世上的事啊,无非"炎凉"二字。多赖当时的五百两珠宝,活了公子,成就婚眷。可这事,世上只有郁公子、小姐和她三人知道,另外,还有那个久未出现的讨饭的知道。娟奴痴痴地想:"趋炎附势的,到头一无所得;情深义重的,反而称心如意。当初小姐倾囊寄去那一大包，原没想到表公子一定折桂，只是看在两人从小的情分上，不帮他便不忍心。表公子这样争气，得了选，飞也般回来要娶小姐，可知道也是个知情重义的人，这一世自然都不肯辜负小姐了。"她又想到那个讨饭的南宫任安："这个人的磊落正直，一点都不比表公子差，不知道学问究竟如何？看他常年游荡失学的，只怕考不取什么。娟奴要是手里有钱，就资助他也去考个举人。然而许久不见他，或许已经是冻饿死了，病死了，否则怎会再也瞧不见他了呢？"娟奴暗地里洒了几滴泪，惆怅百端。

　　过门三日，娟奴陪公子夫妇去烧香，各殿拜罢，公子和少夫人在知客寮里坐了，姑子献茶，闲话不了。娟奴从知客寮里出来，借口如厕，闲步游廊。早在下车时候，她就瞥见一个人，倚着白壁立着，不住地向她看。那人看着像是小讨饭的模样，可身上衣服鲜洁，俨然是一位到佛寺游赏的公子。娟奴想再去认一认。她找到了那人，还在那里闷闷地立着。她只在后面自言自语念叨了一声"青天白日"。那人便骤然回头，失声喊道："呀！是你吗？是娟娘吗？果然是你。"

　　"讨饭的，你怎么在这里，穿得又这样好了？我一日日瞧不见你，担心极了，还以为你有什么不测呢，看你现在这样子，我才放心。"娟奴走近他，低声地说，她扯着他的袖子到无人的殿里,生怕廊上的婆子们看见。

"娟娘,自从离开,我这几年也是一直牵挂你,时刻不忘的呢。还以为我们今生见不着面了。"讨饭的说,"我爱你爱得极了,你也是与我有情的么?我只怕是我妄想。"

娟奴红脸笑道:"若是无情,当日怎么会和你……"

讨饭的一把抓住她的手,又松开,跺了跺脚:"娟娘!我怎么会有这个福气?这两年我碰见的天上掉下来的好事情不算少了,今日你对我说的这件,却才真正是我喜欢得不得了的。这不是梦吧?"

娟奴道:"你有什么好事情?给我说说看。我心里恋你,不是一两日了,可想想,我还不知道你叫什么,我曾经听人叫你南宫什么,是哪几个字呢?你家在哪里?有父母没有?怎么落到讨饭的?又是如何从极穷的人,变成今天这样的?"

讨饭的捉笔过来,在地上写了"南宫认庵"几个字,说:"姐姐,你记住我的名字。家严以前是浙江府学政,不幸早归道山,母亲随之辞世,我是父母皆无的人了。到咱们这里来,是寻我的叔叔,没有寻到,讨了三年饭,跟你那件事后,有算命先生说我添了阴骘纹了,必有奇遇,我还不信,结果在街上碰见我叔叔了……"两个人在佛殿角落说个不了,直到听见外面人声响,有人在喊娟奴的名字,才匆匆而别。

娟奴在心上刻下"南宫认庵"三个字，相思无以自解。当时忘了问南宫认庵住在哪里，怎样能够相见，如今虽然知道了他叫什么，却仍然没处找他去。"他若有情，自然会来找我。"娟奴宽解自己道。接着传来郁家老夫人的话，娟奴大了，要为她择配，由公子和少夫人定夺。娟奴对少夫人讲了几年来的心事："我心里的事，不能瞒下去，除了南宫认庵，别的人都不爱。"

娟奴头上盖了红巾帕，被推入洞房时，听见少夫人在她耳边轻声说："好好报恩吧。"谁也看不见她脸上漾开的笑。红巾帕除去的瞬间，她听见对面那人说道："青天白日。"娟奴笑道："你倒是个善猜谜的。"作为新举人，他来谒见前辈同僚郁昉，被留下饮宴，半醉之后，郁昉说为他"代觅佳人"，一个时辰工夫，交拜合卺，让他恍惚如梦。他已经隐约觉得郁昉面善，果然是他在佛寺看见的那位公子，他已经猜到了新人是娟娘。

这一夜花好月圆。娟奴觉得，自己几年前就义无反顾决定下来的事情，到今天才算好梦初圆，可是比当初就成了更舒心畅意。她抱紧了身边的南宫认庵，想着：在世间万千的故事里，哪一件能有自己的这件这样圆满呢？

（事出宣鼎《夜雨秋灯录》）

横滨野史

　　打鱼为业的清五郎始见阿传时，她与丈夫浪之助暂时住在横滨，延一位美国来的西医治疗浪之助的皮肤病。令他惊讶的是阿传的美，以及阿传的穷。知道他们过着朝不保夕的生活，清五郎拿出一点积蓄来帮助他们。某一个雨夜阿传亲自来向他致谢，他凝视着那入鬓的长眉在他面前低垂下去，无语离开，拒绝了那飘荡无依的诱人身体。

　　他清楚在阿传的生活中，没有一个男人是不可取代的。就像船工吉藏一心想要取代从小和她一起长大的浪之助，成为她的丈夫，为此不惜毒死了他，但最终不是等于为市太郎扫清了障碍吗？见到市太郎的第二日，她便做了文君之奔。像横滨绢商那样有钱的男人，当然也是希望得到阿传的，哪怕他身边妻妾成群，又怎能抵挡得住她的媚入骨髓？喜欢她的还有知书识音的风雅贵介墨川散人，尽管他同时喜欢着新桥柳桥间艳名噪甚的名姬小菊，却觉得在风情上，小菊总还是不如阿传。阿传的美不是安静悦人的，跟那相反，那是驱人着魔、令人心生恐惧的美。那绢商的太太，能容忍她丈夫的其他姬妾而默不作声，却绝对不让阿传住在她家里。"这是祸水。"她宁可给阿传许多钱让她走开，也不能留她带着她足以倾陷一个王国的美貌在她丈夫的身边。

对清五郎这样一个渔人来说，他见惯了大海上的风雨，过惯了散淡的日子。那一晚大概阿传是爱他的，因为他的拒绝而悄然失色。只是他不想拥有阿传，哪怕只有一夕，那一夕过后，不用多久，阿传会把他彻底忘记，他也的确没有什么特别的地方，值得她永远记住的。

吉藏那样的男人就想不明白这点吧。他不会懂得阿传的心就像大海一样翻云覆雨。过去的爱不能用来作为今天的爱的信物，况且他对阿传来说已是一个很久以前的人，她跟市太郎都早已结束了，他不是唯一一个有资格拿着信物前来领取今天的爱的人。吉藏听说，阿传已经在东京做了一名色妓，那么他只有用客人的身份来接近她了。他非常恨阿传。他要狠狠地羞辱、报复她。他为她能够做一切，却都不能换回她的心。

在湖海生涯中的清五郎偶然看到了来自东京的新闻纸，

才知道阿传已经是日本的名人了。阿传杀了吉藏，被正法市曹。闺阁中援以为戒："做女人千万不能像阿传一样啊！她本出身良家，一再沦落，最终连尸体都没人认领呢！"甚至有好事者，在商量把阿传的故事编入曲谱，演于剧场，以垂戒后人：任情欲横流会带来怎样的结局。在一片喧哗惊诧声中，东京的警署接待了默默前来的清五郎。

清五郎把阿传葬在横滨海边的丛冢中，他每日出海都能看到的一块地方。他在坟上竖了石碣，上面写道：

彼爱我于生前，我酬之于死后。因爱而越礼，我不为也。

（事出王韬《淞隐漫录》）

觅 风 流

白莼秋寄居在金陵王喜凤家里，成了这家的活招牌。谁让她是上海来的，见惯了本地风光的那些王孙大佬，纷纷地很想领略一下沪上烟花的风味。虽然有人不以为然地说，白莼秋在上海滩不算红，比起四大金刚，她还差得远呢！却颇有人迷恋她身上那种上海堂子的风味，并为她辩解说：像她这样苏州生苏州长的，连早年的林黛玉也要模仿其举止做派，没有大红是她应酬巴结得不够，论眉眼之标致、妆样之时新、态度之惹人喜爱，恐怕林黛玉、花小宝之流要拜下风呢！

白莼秋自己知道，在南京她是大大地红了。

她今年二十四岁了，虽然对外宣称只有十九岁，她离开上海是因为爱上一个戏子，在同另外一个堂子的先生的较量中败下阵来。获胜者也不过只会高兴几天吧？她风闻半个上海滩的女人都去看他的戏。白莼秋不是没有经历过爱情的洗练，她在这条道上的手艺是极熟了，她只是遇不上她想要的伴侣，有一点廉将军盼上沙场的感觉。这一日冷簌簌的夜半风雪中，欢筵散场后，白莼秋就是怀着这样的期待和落寞，乘着她的包车走在小巷子里。

"车夫！你去把那个走路的喊住，我要问他话。"

"姑娘，你穿着几层皮衣坐在车子里，偏要去跟叫花子谈起来，寻我们开心。地下雪落了几寸厚，我们快些回去罢。"

"你们这起混账东西，人家那种样子不冷么？我偏要问他话。"

白莼秋赌气掀开厚帘，借着月光将他仔细一看。确实有几分像她心上人的样子，穿一件败絮布袍，头顶旧毡帽，可是那一种健康的美，那走路时挺胸昂首的姿态，足以同每天打练的武生媲美。白莼秋同他谈了几句，知道他暂住在承恩寺廊下，并无片瓦蔽体。

第二日，洪一鹗睡到日高三丈才起来，坐在稻草上闷想时，廊下早走来一个半老的妇人。她对他附耳谈了几句，把他领到她家，换上玉色素绸绸袄，二蓝摹本二毛洋皮袍，天青宁绸羊皮大衿马褂，从头到脚打扮起来，看着他拍掌大笑："你昨日那个样子她还看得上，今日只怕她见了你就不肯放你出来了。这样一位体面公子，南京城里怕还寻不出第二个来呢！"

果然是见了就不放出来了。高烛红妆，低回心事，既见君子，云胡不喜？

三日后，白莼秋说要与他搬出去同住。说行就行，在南京僻静地方赁了所房子。她的积蓄足够了，小夫妻每日用度，能有多少呢？但在他这样差点沦入卑田院做乞儿的人，每日里一睁眼就是花容月貌，闭上眼就是风月无边，一下子升到云端里去了。洪一鹗以为，白莼秋风尘巨眼，在他潦倒沦落时，一眼看出他日后必有腾达，竟肯为他弃绝风尘，因此发愤攻书、苦练武艺；而在白莼秋，却是另外的想法，她只要跟他在一起就好了：

想起来你那人，使我魂都消尽。看遍了千千万，都不如你那人。你那人美容颜，又且多聪俊。就是打一个金人来换，也不换你那人。就是金人也是有限的金儿也，你那人有无限的风流景。

(事出牢骚子《南朝金粉录》)

质夫与迟生

"日本的郊外杂树丛生的地方,离东京不远,坐高架电车不过四五十分钟可达的地方,我愿和你两个人去租一间草舍儿来住。"

于质夫轻轻地捏住吴迟生柔软的小手,心里涌起许多异样的幻想,令他脸上红了一红。这谈话声音如音乐般的青年,瘦弱的他,只有十九岁,患有肺病,是直隶人,不过举家住在苏州。他在北京读书,休了学,到上海来过冬。

质夫遇见迟生时,觉得一腔不可发泄的热情,忽地得到一个可以自由灌注的目标了。

"你冷么?你若是怕冷,就钻到我的外套里来。"

在苍白的街灯光下,迟生对质夫看了一眼,就把他纤弱的身体倒在质夫的怀里。在上海的冬日,夜半,经由迟生的肉体,有一股电波让质夫也燃烧起来。

质夫以为天地间的情爱，除却男女，便以友情最美。从十二三岁起，他在日本漂流了十几年，从未得着过一个女人真心的垂怜。这半生的哀史在迟生面前得以缓缓展开，那一晚，两人在编辑所的床铺上并头共被的一晚，他们夜谈到了五点钟。

　　"在蔚蓝的天盖下，在和暖的熏风里，我与你躺在柔软的草上，好把那西洋的小曲儿来朗诵。初秋晚夏的时候，在将落未落的夕照中间，我好和你缓步逍遥，把落叶儿来数。"

　　那段时间质夫一直劝迟生同他去日本养他的肺病，却值A地的电报来了，催质夫到法政专门学校当教员。在招商局轮船第四号官舱里，质夫站起来紧紧捏住迟生的两手，他想到了兰勃与佛尔兰间纯洁的爱，便想让迟生跟他到A地去。迟生听了质夫的话，呆呆地对质夫看了一忽，好像心里有两个主意在那里战争，一霎时解决不下的样子。然而他还是拒绝了。迟生觉到，从质夫伏到他肩上那刻，不断地有两道热水，把他的鱼白大衫和蓝绸夹袄都湿透了。他也忍不住哽咽起来。

　　迟生转过码头的堆栈，影子就小了下去，过了六七分钟，站在船舷上的质夫就看不见迟生了。质夫看着黄浦江上的夜景，觉得将亡未亡的中国，将灭未灭的人类，茫茫的长夜，

耿耿的秋星,都是伤心的种子。他想到自己黑暗的前程和吴迟生纤弱的病体:

冬天的早晨你未起来,我便替你做早饭,我不起来,你也好把早饭先做……书店里若有外国的新书到来,我和你省几日油盐,可去买一本新书来消那无聊的夜永……

(事出郁达夫《茫茫夜》)

误 良 缘

按照老规矩，结婚以前，她从来没有见过她的未婚夫。她依稀记得小的时候，她未来的公公是常到她家里来的，她的父亲让她喊他"邹伯父"，并且于她已经懂事的一天，通知她将来要成为"邹伯父"的长媳。她自然不能对这件事表示出意见，但是从此便留心着来自邹家的消息。他家后来离开福建北上，她未来的夫婿，学名叫作"恩润"的，在上海南洋公学附属小学念着书，又升入了中院（附属中学），听说功课是很好的。

在她读完了《诗经》和《周礼》的那年，听说她的夫婿受了学校里洋人的影响，嫌她是没有进过学堂的，要悔掉这门亲。这样的事，这几年也不是第一次听说了，终于还是临到了她身上。她的父亲赶来问她的主意，急得搓着手。她让父亲把她的意思传给邹家，说一女不聘二夫，她固然不能嫁给他了，但也不会再嫁别人，那么就终身不嫁吧。

嫁给谁是她不能做主的，然而按照古老的规矩，此时给了她这样表态的机会。她说着规定中表示贞洁和知书达理的成话，流露的却是最真实的想法。当她听说他自从升入中学，家庭里已无力供养他，他因为位列优行生而被免除学费，又靠着给《自由谈》和《学生杂志》写稿所得的润笔和做家庭教师的束脩衣食粗足，还升入了南洋公学上院（大学）时，对他便有十分的仰慕和敬爱，在她关于未来的一切设想中，都是把自己放在他的人生中的。她知道自己因为没有进过学堂，不可能在社会上谋得一份职业，所以特地在针黹和女红方面用力，将来对家庭当不无小益。她还特地学习各种勤俭的办法，以期将来贫寒度日时，能令他终日体面而温饱。

如今他的"新"令他嫌弃她的"旧"，而这"旧"是她无法改变的，她只有在这"旧"中继续地"旧"下去。所谓的"旧"礼教的外衣下包裹的是她的爱情，谁说一定要见面才会发生恋爱？在她的深心里不能接受的是跟除他之外的人发生联系，这比终身不嫁更加痛苦百倍。

他竟然因为她的表态而深深地感动，几年后，他大学毕业进入职业场，攒了一笔钱，把她娶了过来。新式的婚礼上，穿着西装的他仪表堂堂，她喜悦得掉下了眼泪。她要把他爱护好,把他捧在手心里,如何娇宠都不过分。她没想到的是:那些她为他做的微不足道的小事,他完全地看在眼中。屡次地,他对她说:"你待我真是太厚了。"

伤寒症来得是很快的,得病的第二天下午,她已经说不出话来了。她的眼睛看着泪如泉涌的他,看到他的嘴在动,但是听不到他在说什么。她逐渐地死去了,死时,她的手被他紧紧地拉着。他是在说不要走,还有很好很好的日子值得一起过下去。你知道么?我在圣约翰大学毕业的那一天,所余只有三四百元的债务,身上穿着赊账的西装,想到在这茫茫的世界上只有你在等我。如今我们终于在一起了,你为什么又要独自到那冷冷的地方去呢?

……春蚕吐尽一生丝。莫教容易裁罗绮……

(事出邹韬奋《经历》)

丽琳小姐

她无聊地照着镜子:眉眼生得很好,嘴巴是小而红的,特地涂了些外国胭脂。她还是非常年轻的,这宅子里最年轻的六姑娘,从高中毕业两年多了。

她也看过《游园惊梦》的戏,晓得那杜丽娘看到了牡丹花,何以那么一惊一乍——她是想要一个年轻男人的身体了。这想法她懂,尤其懂得那杜丽娘何以那么郁郁不欢、一病不起:实在是找不到一个男子呀!这么一个生活着许多太太、姨太太、侄女、外甥媳妇的封闭的大宅子里,还有女中和高小那些簇拥着怀春少女的走廊上,哪能看见一个年轻男子的影儿呢?

男子!这世界上自然是有非常多而好的男子的,可只有她的哥哥父亲伯父们才见得着,她哪里能瞧得见?她只认识过一个,那个给她补习考大学功课的家庭教师,实在长得平凡，然而每天耳鬓厮磨，也让她感觉到了一些趣味。她偷着用电影里的法子同他接吻，他吓得慌里慌张，什么都要她来教才行。可后来怀孕的还得是她——这上苍是怎么安排的？

还好那个人到她家来了。那个外乡人，根本不会知道她的过去。本来呢，她对这"过去"也毫无追悔之意，日子多无聊，倘若不做点儿那样有趣的事，还做什么呢？麻将的有趣，比起那件的有趣，逊色得多了。除非有文志强一起打麻将，那么一递一接、一言一笑，也都是有趣的。有人说过她是一朵艳而无香的花吗？是什么人说的？女中那个中年的教务长？镜子里，她的嘴唇向下撇了一撇。

今天下午他还会来，她知道。她又看着镜子：自己仍然是多年轻的人啊！这嘴儿是同他吻过的，也是同他拌过嘴的。他昨天开罪了她了，今天一定要来赔礼道歉的。他不应当指了大街上一个同样年轻、穿着寒碜的棉布袍的女子说他认识她，还说她是什么唐先生的女儿。他说了她是个脾气又臭又硬、不通世故的小学教员，一辈子都不应该嫁出去。何以他么恨她，又对她那么了解呢？难道是他的旧相好不成？她知道这样的事是一定要生气的，她从很小的时候，就从给家里杨老太太唱曲儿的妓女那里知道，女人不因为男人的另一个女人生气，还为什么呢？她这一生还没得着过这样的机会,还没跟男人为这件事生过气呢。

"文博士来啦!"她仿佛听着他的脚步声了。他是一个留美的博士,修中学教育行政的,不知道怎么的来到济南拜会到她家了,天上掉下来的一个好男人!她想着,便背过身去。"那个女子,"为了让她自己更生气,好待会儿装出气的样儿来,她恨恨地想,"那个劝他做工、不要到社会上活动的唐振华小姐,莫不是常在街上同他见面?他当着自己的面儿骂她,背着自己跟她说什么呢?他不会同她说'杨家六姑娘的学问没有你高'吧!"

(事出老舍《文博士》)

囚　鸟

米桶是空了，人也不见得会回来，秀姐走在每日里熟悉不过的大街上，只觉得心头一阵发慌。她是轻描淡写地同母亲抛下话的，她说要出门想法子。想什么法子呢？白的是米，黄的是豆，冒着热气的是红苕，篮子里的是蟹壳黄烧饼。这些都要钱去买。

挎着篮子卖菜的，多半是熟人，其中甚至有童老五，在一条街的人心里，都理所应当地觉得她跟他之间一定有情。然而在这断炊之际，童老五还找到她家里来借米，明看见米缸空了，今天也没有再回来问她和母亲是否吃饭了。此际人人看到她在大街上慢慢地走，水葱一样十七八岁的姑娘，谁知道她腹中饥饿？

这些年日子虽然清苦，她也并没有尝过饥饿的滋味。此刻的饥饿不光是一种痛苦，还是一种羞耻。她不能像她看惯的拖着孩子的妇人一样，讪笑着，在米店老板的嘲弄中哀哀地求贷一升米，还往往借不出。她是尊贵极了的，那个什么赵次长，只要她一点头，立马送来几千块钱，她只是不要。为一点吃的低三下四，也不是她这样年轻女孩做的。

这天她和母亲吃的是她从菜场捡的菜叶熬成的菜汤，烧的是木厂丢弃的木屑。第二日是躺着度过的。她再次想起"赵次长"——那个不怀好意做媒的邻居笑嘻嘻地拦住她，让她看"赵先生"的长衫用多少衣料。她看见了他的青呢马褂、哔叽夹袍，也看见了他架着的大框眼镜和纽扣上那枚金质徽章。

"这位先生要我们一个缝穷的做衣服吗？"秀姐低了头，急切地离开了。

结婚那一夕，串通了她的亲戚、用"饿"逼她就范的那一位赵先生，坐到她的身边，要实施他蓄谋已久的动作了。她是躲闪不开的，而且也已经横下心来了。一番风雨后，他同她谈起什么朝云、樊素，她全不懂；他说她知识太浅，还批评她不会化妆，不懂交际。"我这样一个人，原来是做你姨太太也不配的。"他一笑，说想不到她那样穷的出身，倒是个真正的黄花闺女。

他渐渐地不常来了。"逃走！逃走！"年轻的赵太太觉得自己在很短的时间里,尝了两次走进绝境的滋味。每一次,她都像笼中扑腾的囚鸟一样,不计后果地想要立刻摆脱目前的处境。这一日大清早,她坐上了伪造成黄包车的丹凤街邻居拉的车,将要飞奔到自由的乡下去了——

"赵太太不忙走!赵先生回来了。"

他完全知道她的计划。当她是自由身的时候,他尚有能力捕捉住她,何况今日?她的哭声惊动了房东,然而到了夜深,劝她的人也都散尽了。在枕边他对她说,他要把她藏到上海,不让家里的泼妇找到她。他要把她藏得紧紧的,对一切人宣称她已经死了。他睡熟了,在梦中发出哭泣一般的鼾声。"他是一个什么人呢?我为什么躺在他的身边?"入睡前秀姐感到人生是一团她绝对无法理解的迷雾。在她的一团乱梦中,有那么一瞬间,她似乎看到了前来营救她的童老五,他光着膀子,出着一身红汗,隔着老远,一无办法地看着她如水月镜花般的幻容——

寒窗儿女灯前泪,客路风霜梦里家。

(事出张恨水《丹凤街》)

郭太太怨东风

郭铁梅对他太太的感情,被津门作家刘云若描述出来就是:"少年时由爱生惧,中年后是由惧生惧,到老年却是由惧生厌了。"年少时候他们至少相爱过,郭太太也曾经少艾过,这是不待言的。因为有过春花秋月的往事,又眼看着他头发白了,不再新鲜可爱,便以为可以同生同死,却是郭太太的谬见。

她卧病在床已有一阵子了,近来不怎么看见她的丈夫,这是从来没有过的事情。得益于她严厉的管教,他在外面的名声,是"不二色"的,在他那些荒唐朋友们中间独树一帜。可这次大概不同了,凭两个人的熟悉,她已经猜到了是怎么回事。病中的她心灵较为脆弱,想来想去,夜不能寐,偏偏这夜里他并没有回来。风声、柳声,还有一个疯子在外面不时嚷叫。

他是侵晨上楼的,脚步声把她的心痛转为狂怒,厉声问他是怎么回事。他吓得脸色发白,跪在面前,说是在外面认识了一个京剧女票友。她用支离病骨的手指抓住他稀疏的乱发,猛力向床边撞去,却只把他拖动了一个趔趄。手指下面的头皮多皱,汗津津然,身体发着抖,这是她年老的、抽鸦片烟的丈夫,跟她一样的一把老骨头。她瞧见了鸦片烟膏。她说:"我是不能活了,可是你害我死,我也不能让你独生。"

看着郭铁梅吃下去一半,郭太太放心去吃她的另一半。郭铁梅让她不要叫嚷,免得被灌救活了丢人。她看着郭铁梅垂头咬牙坐在床边,知道他同她一样绞痛着。临死之前她不乏遗憾地想到自己并没有得到善终,不过只得如此了。"这样的死,我们好歹死在一起。"

郭铁梅看见她死了,才去喊他的家人。烟膏虽然不足以杀他,好歹让他胸部有些灼热,血液都汹汹地运动起来。他抚着自己的胸脯,呵,自己的一生竟然有了这样的转机。他心里的这个房间空了很多年了,如今心外的房间也腾了出来,他请他的爱人来做它的主人,那飘逸豪迈的奇女子对他说:"把我看作河东君吧,只要你是我的钱虞山!"

郭铁梅亦没有得到善终。一年后,全天津的人都来看他给他女人做生日,三天堂会刚唱完,那人拐了他的全部家当一走了之,令他死于羞痛。这是人们都能预料到的结局,可惜他看不破。多谢郭太太多年的禁锢,他在风月场中是个新手。

那人曾经叫孟韵秋,是她许多名字中的一个,她是经营爱情生意的,有本事让他相信她的爱都是真的。近来她亦陷入情网,爱上一个翩翩的破家公子。她不惜坑死了郭铁梅以便成全她自己的爱,这爱情的前途中,可能出现的最堂皇的结局,便是成为另一对郭先生、郭太太——

她占有他的一切,成为他的唯一,她的名字被冠以他的姓氏,她的热血混入他的名字,在琐碎的日常生活中,在漫长的过不完的永昼永夜里,生儿育女,面面相觑,永不分离。几十年后,爱情是毫无疑问会完了的,只要郭先生不起杀妻之心,这段情就算是功德圆满了。有道是:

莫怨东风当自嗟。

(事出刘云若《小扬州志》)

美 人 经

"我这一生,到此为止,还不曾辜负过一个少女,那是因为懂得撒手。"三少向他的朋友们娓娓地讲他的嫖界经验。嫖与赌是相通的,在最舒心快意时,定难撒手,一定要混到本钱全无,快乐全盘翻成痛苦了,才会想到撤退。但这何曾是当初入局的目的呢?每当此时,三少就会跟人讲起乐第的故事。

说起乐第,不得不想起和尚(苏曼殊)。当时,乐第是和尚叫来的堂唱,可和尚慧眼,一下子就看出乐第对三少的好意思,便令乐第转过去了。乐第光艳射人,自不必说,难得的是才十四岁,天真未凿,颦笑之间有三分稚气,两分憨态。这神情是留不住的,再过几年,出落得再美,那小女孩儿家的神情再不会有了。

绝世的美人,谁会不爱呢?三少总是会对人说起,就连和尚，临去之时，还念叨着自己情缘未寂。"人生世间，有一日知觉，便有一日的情；有一日情，便免不了一日的缘。"那一日恰好自己的怀表里有乐第的照片，和尚拿着看了很久。无论贵贱长幼，无论有情无情，见到乐第，只要是男人，总会为之疯狂的。

三少说，他那时候为乐第所迷，亦是神魂颠倒，魂牵梦萦。每天从衙门里出来，都要到乐第那里坐到夜里两三点。日亲日近，日远日疏，难得的是乐第对他也有情，他们之间，相看两不厌，渐渐地到了如胶似漆的程度。三少说，乐第同他在一起一直都是清倌人，他不曾染指乐第，然而那一种同绝世美人倾心相恋的甜蜜，令那段日子，"如翡翠之在云路也"。

后来就是乐第的病了。这病来得急，一天就病倒了，真是生命垂危，医生来诊，说是猩红热。三少把乐第送进医院，救了乐第一条命。而且不避传染，日日陪护。有了这种恩情，那时候人人都认为，乐第的身体，迟早都是三少的。然而，三少说，他和乐第，到最后也都是没有瓜葛的。

"那是为何呢？你三少有多喜欢乐第，你俩正是一对璧人啊。"听了这样的结局，人人都要纳闷。三少微微一笑，说他自己不过是去杭州过了个年，回来就看不见乐第了。她归了一个权贵人家,她的鸨母惜春老四捞了一大笔钱。

当人人为三少叹息时,三少说自己也确然是犯了很久的相思,几个月没有睡好。"然而我意中,也正想要两个人这样地结束,永远不要走近,更不要属于彼此。"这一种灵感,是乐第病中三少突然地获得的。那时候看着乐第就要死了,三少决心为她收骨。这收骨的念头一炽,反而觉得讨了乐第有种种不好,朝朝暮暮,年年岁岁,绝世美人也看得腻了,"负心"是天下第一煞风景的事,生出多少颠倒、嗔怪、烦恼。在青楼中买人,倒不若在青楼中市骨。

一抔黄土,郁郁埋香,春秋佳日,冢次低徊,怀想其人,永远不能磨灭。脑筋里有些永久的悲哀,便存了些此恨绵绵之想,那种意境,远在金屋春深、锦衾梦媛之上。

(据毕倚虹《人间地狱》写成)

后　记

　　中国小说的传统是不断地复述。譬如本书中的一则故事《饼师》，它最初出现于孟棨《本事诗》中时，只有一百二十二个字：

　　宁王曼贵盛，宠妓数十人，皆绝艺上色。宅左有卖饼者妻，纤白明媚。王一见注目，厚遗其夫取之，宠惜逾等。环岁，因问之："汝复忆饼师否？"默然不对。王召饼师，使见之，其妻注视，双泪垂颊，若不胜情。时王座客十余人，皆当时文士，无不凄异。王命赋诗。王右丞维诗先成："莫以今时宠，宁忘昔日恩。看花满眼泪，不共楚王言。"

　　卖饼者妻的眼泪震惊了当时文士，也同样令读《本事诗》的人叹息诧异，这种"凄异"之情，令这一百二十二个字，字字都仿佛别有深意。于是，在话本小说《石点头》的第十回，我们又看到了这个故事，却被增饰了若干情节。卖饼者妻对宁王讲了卖饼人昔年因采撷宁王家海棠花被打的事，因此她看到海棠花开，就心疼起来。宁王怜悯她，就喊来卖饼人，让他们夫妇团圆。夺人所爱的沙吒利突然翻转面目，成了义还原配的裴晋公，这改编并不高明。跟古代的很多故事相似，"说话人"于"情"与"理"并不深究，只求热闹。我以为这故事里面，宁王惹人生气，文人也惹人生气。这女人只能掉掉眼泪，而且多半也团圆不成。

又如我们在书上看到，国剧大师程砚秋从他的玻璃书柜中取出一本焦循的《剧说》，翻开夹有书签的一页，递给翁偶虹，托他编一个新剧，这便是后来的《锁麟囊》。我们于是可以想到，像《录鬼簿》里的那些前辈名公，如何从《夷坚志》这样的书里寻找故事时的情形。文言小说可以变成说话的话本，也可以变成舞台上的戏剧，戏剧有时候又可以变成小说。本书中把几篇水浒戏改写成了小说，而这几篇水浒戏，都是当年编写《水浒传》的书会才人们扔掉不要的。所以，有些时候，我有一种跟某个化名"施耐庵"的明代早期创作团体并肩创造的幻觉。

不大读中国小说的人，看这本书，可以知道几十个故事，从而基本上了解古代的小说都在讲什么。经常读中国小说的人，看这本书，可能会因为诧异而笑起来，最终不得不称赞作者"脑洞很大"。那么些年人们都在讲绿珠，我偏要讲翔风，人们都说绿珠多么有情有义，我却讲她是个傻孩子；《争报恩》明明是通奸戏，我却觉得一个少妇和好几位水浒好汉结拜兄妹这种事情，不过是性幻想的表征；武松的爱情生活从来都是聚讼的焦点，南宫搏曾写他和潘金莲两情相悦，读到那书的人都长出一口气，觉得他了却了很多年来人们心中的遗憾："他们早该这样了。"而我这回写的是武松和玉兰，那实在也是一幕暴力和色情兼备的演出。《姑妄言》被汉学家马克梦称为"中国古代最脏的一本书"，我偷偷地看了，还偷偷地写到这本书里，写的是一个力比多格外旺盛的少女由于"行为疗法"戒除了性欲，最终在无性婚姻中过了一生的故事。跟贾宝玉那故事相比，这才是"由色悟空"的典范呢。

除了这些改编时小小的逗闷子，大部分的故事，其实是用一个"情"字取代了原先故事中各种无聊的命题。贞女、烈妇、义男、痴汉，也不过是因为格外地爱着一个人，所以才去吃那些苦：生生死死，千里万里。所以这故事里有我瞎编的成分，不是那原先的故事。我有一个ID叫"无物似情浓",像汤显祖一样,觉得自己是"情教中人"。

  本书的出版,要感谢《深圳商报》的陈溶冰学姐,六年结缘,情谊在兹。感谢老朋友胡续冬,你待我最好。感谢"飞地书局"的诗人张尔,他的好意让这本书得以面世。感谢诗人须弥以及出版社的各位编辑。感谢我的导师刘勇强教授,关心我此书写作的汪蕙仁、张森、徐卫东、李又顺、王磊光、师力斌、陈集益、匡咏梅等诸大兄。不过其实这所有的故事,都是因秦先生而写。就算故事写完了,我和他还不能算完——完不了。

刘丽朵
丙申十月